南朝陳·徐陵 編

玉臺新咏

中國書店

詳校官戶部員外郎臣牛稔文

欽定四庫全書　集部八

玉臺新詠　總集類

提要

臣等謹案玉臺新詠十卷陳徐陵撰案劉肅大唐新語曰梁簡文為太子好作艷詩境内化之晚年欲改作追之不及乃令徐陵作玉臺集以大其體據此則是書作於梁時故簡文稱皇太子元帝稱湘東王今本題陳尚書

左僕射太子少傅東海徐陵撰殆後人之所追改如劉勰文心雕龍本作於齊而題梁通事舍人也其書前八卷為自漢至梁五言詩第九卷為歌行第十卷為五言二韻之詩雖皆取綺羅脂粉之詞而去古未遠猶有講於温柔敦厚之遺未可概以淫艷斥之其中如曹植棄婦篇庾信七夕詩今本集皆失載據此可補缺佚又如馮惟訥詩紀載蘇伯玉妻

盤中詩作漢人據此知為晉代梅鼎祚詩乘載蘇武妻答外詩據此知為魏文帝作古詩西北有高樓等九首文選無名氏據此知為枚乘作飲馬長城窟行文選亦無名氏據此知為蔡邕作其有資攷證者亦不一明代刻本妄為增益故馮舒疑庾信有入北之作江總濫擘牋之什茅元楨本顛倒改竄更甚此本為趙宧光家所傳宋刻末有嘉定乙亥永

嘉陳玉父重刻跋最為完善閒有後人附入之作如武陵王閨妾寄征人詩沈約八詠之六諸篇皆一一注明尤為精審然玉父跋稱初從外家李氏得舊京本閒多錯謬後得石氏所藏録本以補亡校脱其中如五言詩中入李延年歌一首陳琳飲馬長城窟行一首皆自亂其例七言詩中移東飛伯勞歌于越人歌之前亦乖世次疑石氏本有所竄亂而

玉父因之未察也觀劉克莊後村詩話所引
玉臺新咏一一與此本脗合而嚴羽滄浪詩
話謂古詩行行重行行篇玉臺新咏以越鳥
巢南枝以下另為一首今此本仍聯為一首
又謂盤中詩為蘇伯玉妻作見玉臺集今此
本乃溷列傅玄詩中葢克莊所見即此本羽
所見者又一别本是宋刻已有異同非陵之
舊矣特不如明人變亂之甚為尚有典型耳

乾隆四十九年二月恭校上

總纂官臣紀昀臣陸錫熊臣孫士毅

總校官臣陸費墀

玉臺新詠序

陳尚書左僕射太子少傅東海徐陵字孝穆撰

陳書徐陵傳云太建二年遷尚書左僕射後主即位遷太子少傅大唐新語云梁簡文為太子好作豔詩境內化之晚年欲改作追之不及乃令徐陵撰玉臺集以大其體撿此則是書之撰實在梁朝可以明証署名如是明是後人所加也

夫淩雲槩日由余之所未窺千門萬户張衡之所曾賦周王璧臺之上漢帝金屋之中玉樹以珊瑚作枝珠簾以玳瑁為押一作匣字非其中有麗人焉其人五陵豪族充

選掖庭四姓良家馳名永巷亦有潁川新市河間觀津本號嬌娥曾名巧笑楚王宮裏無不推其細腰衛國佳人俱言訝其纖手閱詩敦禮豈東隣之自媒婉約風流異西施之被教弟兄協律生小學歌少長河陽由來能舞琵琶新曲無待石崇箜篌雜引非關曹植傳鼓瑟於楊家得吹簫於秦女至若寵聞長樂陳后知而不平畫出天仙閼氏覽而遥妒至如東隣巧笑來侍寢於更衣西子微嚬得横陳於甲帳陪遊馺娑騁纖腰於結風長

樂鴛鴦奏新聲於度曲妝鳴蟬之薄鬢照墮馬之垂鬟
反插金鈿橫抽宋本作搯寶樹南都石黛最發雙蛾北地燕
支偏開兩靨亦有嶺上仙童分丸魏帝腰中寶鳳授歷軒
轅金星將婺女爭華麝月與嫦娥競爽驚鸞冶袖時飄
韓掾之香飛燕長裾宜結陳王之珮雖非圖畫入甘泉
而不分言異神仙戲陽臺而無別真可謂傾國傾城無
對無雙者也加以天時開朗逸思雕華妙解文章尤工
詩賦瑠璃硯匣終日隨身翡翠筆牀無時離手清文滿

篋非惟芍藥之花新製連篇寧止葡萄之樹九日登高時有緣情之作萬年公主非無累德之辭其佳麗也如彼其才情也如此既而椒宮宛轉柘觀陰岑絳鶴晨嚴銅蠡晝靜三星未夕不事懷衾五日猶賒誰能理曲優遊少託寂寞多閑厭長樂之疎鐘勞中宮之緩箭纖腰無力怯南陽之擣衣生長深宮笑扶風之織錦雖復投壺玉女為觀盡於百驍（宋本作嬈）爭博齊姬心賞窮於六箸無怡神於暇景惟屬意於新詩庶得代彼皋蘇蠲茲愁

疾但往世名篇當今巧製分諸麟閣散在鴻都不籍篇章無由披覽於是然脂暝寫弄筆晨書選録艶歌凡為十卷曾無參於雅頌亦靡濫於風人涇渭之間若斯而已於是麗以金箱裝之寶軸三臺妙迹龍伸蠖屈之書五色華箋河北膠東之紙高樓紅粉仍定魚魯之文辟惡生香聊防羽陵之蠹靈飛太甲高擅宋本作檀玉函鴻烈仙方長推丹枕至如青牛帳裏餘曲既終朱鳥窗前新妝已竟方當開茲縹帙散此縚繩永對翫於書幃長循

環於纖手豈如鄧學春秋儒者之功難習竇專黄老金丹之術不成因勝西蜀豪家託情窮於魯殿東儲甲觀流詠止於洞簫孌彼諸姬聊同棄日猗歟彤管無或譏焉

玉臺新詠卷一

陳 徐陵 撰

古詩八首

上山采蘼蕪下山逢故夫長跪問故夫新人復何如新人雖言好未若故人姝顏色類相似手爪不相如新人從門入故人從閤去新人工織縑故人工織素織縑日一匹織素五丈餘將縑來比素新人不如故

凜凜歲云暮螻蛄多鳴悲涼風率已厲遊子寒無衣錦衾遺洛浦同袍與我違獨宿累長夜夢想見容輝良人惟古歡枉駕惠前綏願得常巧笑攜手同車歸既来不須臾又不處重闈諒無鷐風翼焉得凌風飛眄睞以適意引領遥相睎徙倚懷感傷垂涕霑雙扉

冉冉孤生竹結根泰山阿與君為新婚菟絲附女蘿菟絲生有時夫婦會有宜千里遠結婚悠悠隔山陂思君令人老軒車来何遲傷彼蕙蘭花含英揚光輝過時而

不采將隨秋草萎君亮執高節賤妾亦何為

孟冬寒氣至北風何慘慄愁多知夜長仰觀衆星列三五明月滿四五蟾兔缺客從遠方来遺我一書札上言長相思下言久離别置書懷袖中三歲字不滅一心抱區區懼君不識察

客從遠方来遺我一端綺相去萬餘里故人心尚爾文彩雙鴛鴦裁為合歡被著以長相思緣以結不解以膠投漆中誰能别離此

四坐且莫諠願聽歌一言請說銅鑪器崔嵬象南山上枝以松柏下根據銅盤彫文各異類離婁自相聯誰能為此器公輸與魯班朱火然其中青煙颺其間從風入君懷四坐莫不歎香風難久居空令蕙草殘

悲與親友别氣結不能言贈子以自愛道遠會見難人生無幾時顛沛在其間念子棄我去新心有所歡結志青雲上何時復來還

穆穆清風至吹我羅裳裾青袍似春草長條隨風舒朝

登津梁山褰裳望所思安得抱柱信皎日以為期

古樂府詩六首

日出東南隅照我秦氏樓秦氏有好女自言名羅敷羅敷善蠶桑采桑城南隅青絲為籠繩桂枝為籠鉤頭上倭墮髻耳中明月珠緗綺為下裙紫綺為上襦觀者見羅敷下擔捋髭鬚少年見羅敷脫巾著帩頭耕者忘其耕鋤者忘其鋤來歸相嘻怒但坐觀羅敷使君從南來五馬立踟躕使君遣吏往問此誰家姝秦氏有好女自

名爲羅敷羅敷年幾何二十尚未滿十五頗有餘使君謝羅敷寧可共載不羅敷前置辭使君一何愚使君自有婦羅敷自有夫東方千餘騎夫壻居上頭何以識夫壻白馬從驪駒青絲繫馬尾黃金駱馬頭腰間鹿盧劍可直千萬餘十五府小史二十朝大夫三十侍中郎四十專城居爲人潔白晳鬑鬑頗有鬚盈盈公府步冉冉府中趨坐中數千人皆言夫壻殊

日出東南隅行

相逢狹路間道隘不容車如何兩少年挾轂問君家君

家誠易知易知復難忘黃金為君門白玉為君堂堂上
置樽酒使作邯鄲倡中庭生桂樹華鐙何煌煌兄弟兩
三人中子為侍郎五日一來歸道上自生光黃金駱馬
頭觀者滿路傍入門時左顧但見雙鴛鴦鴛鴦七十二
羅列自成行音聲何噰噰鶴鳴東西廂大婦織羅綺中
婦織流黃小婦無所作挾瑟上高堂丈人且安坐調絲
未遽央

相逢狹路間行

天上何所有歷歷種白榆桂樹夾道生青龍對道隅鳳

凰鳴啾啾一母將九雛顧視世間人為樂甚獨殊好婦
出迎客顏色正敷愉伸腰再拜跪問客平安不請客北
堂上坐客氈氍毹清白各異樽酒上正華疏酌酒持與
客客言主人持却略再拜跪然後持一桮談笑未及竟
左顧勑中厨促令辦粗飯慎莫使稽留廢禮送客出盈
盈府中趨送客亦不遠足不過門樞取婦得如此齊姜
亦不如健婦持門戶勝一大丈夫　隴西行
翩翩堂前鷰冬藏夏來見兄弟兩三人流蕩在他縣故

衣誰當補新衣誰當綻賴得賢主人覽取為吾組夫壻
從門来斜倚西北眄語卿且勿眄水清石自見石見何
纍纍遠行不如歸　豔歌行
皚如山上雪皎若雲間月聞君有兩意故来相決絶今
日斗酒會明旦溝水頭躞蹀御溝上溝水東西流凄凄
復凄凄嫁娶不須嗁願得一心人白頭不相離竹竿何
嫋嫋魚尾何簁簁男兒重意氣何用錢刀為　皚如山
上雪行

飛来雙白鵠乃從西北来十十將五五羅列行不齊忽
然卒疲病不能飛相隨五里一反顧六里一徘徊吾欲
銜汝去口噤不能開吾欲負汝去羽毛日摧頽樂哉新
相知憂来生別離踟躕顧羣侶淚落縱横垂今日樂相
樂延年萬歲期　雙白鵠行

枚乘雜詩九首

西北有高樓上與浮雲齊交疏結綺窻阿閣三重階上
有弦歌聲音響一何悲誰能為此曲無乃杞梁妻清商

隨風發中曲正徘徊一彈再三歎慷慨有餘哀不惜歌
者苦但傷知音稀願爲雙鴻鵠奮翅起高飛
東城高且長逶迤自相屬回風動地起秋草萋已緑四
時更變化歲暮一何速鷐風懷苦心蟋蟀傷局促蕩滌
放情志何爲自結束燕趙多佳人美者顔如玉被服羅
裳衣當户理清曲音響一何悲弦急知柱促馳情整中
帶沉吟聊躑躅思爲雙飛鷰銜泥巢君屋
行行重行行與君生别離相去萬餘里各在天一涯道

路阻且長會面安可知胡馬嘶北風越鳥巢南枝相去日已遠衣帶日已緩浮雲蔽白日遊子不顧反思君令人老歲月忽已晚棄捐勿復道努力加飡飯

涉江采芙蓉蘭澤多芳草采之欲遺誰所思在遠道還顧望舊鄉長路漫浩浩同心而離居憂傷以終老

青青河畔草鬱鬱園中柳盈盈樓上女皎皎當窻牖娥娥紅粉粧纖纖出素手昔為倡家女今為蕩子婦蕩子行不歸空牀難獨守

蘭若生春陽涉冬猶盛滋願言追昔愛情款感四時美
人在雲端天路隔無期夜光照玄陰長歎戀所思誰謂
我無憂積念發狂癡
庭前有奇樹綠葉發華滋攀條折其榮將以遺所思馨
香盈懷袖路遠莫致之此物何足貴但感別經時
迢迢牽牛星皎皎河漢女纖纖擢素手札札弄機杼終
日不成章泣涕零如雨河漢清且淺相去復幾許盈盈
一水間脉脉不得語

明月何皎皎照我羅牀帷憂愁不能寐攬衣起徘徊客
行雖云樂不如早旋歸出戶獨彷徨愁思當告誰引領
還入房淚下霑裳衣

李延年歌詩一首并序

李延年知音善歌舞每爲漢武帝作新歌變曲聞者莫
不感動延年侍坐上起舞歌曰
北方有佳人絶世而獨立一顧傾人城再顧傾人國傾
城復傾國佳人難再得

蘇武詩一首

結髮為夫婦恩愛兩不疑懽娱在今夕嬿婉及良時征夫懷遠路起視夜何其參辰皆已沒去去從此辭征役在戰場相見未有期握手一長歎淚為别生滋努力愛春華莫忘懽樂時生當復來歸死當長相思

辛延年羽林郎詩一首

昔有霍家奴姓馮名子都依倚將軍勢調笑酒家胡胡姬年十五春日獨當鑪長裾連理帶廣袖合歡襦頭上

藍田玉耳後大秦珠兩鬟何窈窕一世良所無一鬟五
百萬兩鬟千萬餘不意金吾子娉婷過我廬銀鞍何昱
爚翠蓋空踟躕就我求清酒絲繩提玉壺就我求珍肴
金盤鱠鯉魚貽我青銅鏡結我紅羅裾不惜紅羅裂何
論輕賤軀男兒愛後婦女子重前夫人生有新故貴賤
不相踰多謝金吾子私愛徒區區

班婕妤怨詩一首 并序

昔漢成帝班婕妤失寵供養於長信宮乃作賦自傷并

為怨詩一首

新裂齊紈素，鮮潔如霜雪。裁為合歡扇，團團似明月。出入君懷袖，動揺微風發。常恐秋節至，涼風奪炎熱。棄捐篋笥中，恩情中道絶。

宋子侯董嬌嬈詩一首

洛陽城東路，桃李生路傍。花花自相對，葉葉自相當。春風東北起，花葉正低昂。不知誰家子，提籠行采桑。纖手折其枝，花落何飄颻。請謝彼姝子，何為見損傷。高秋八

九月白露變為霜終年會飄墮安得久馨香秋時自零落春月復芬芳何時盛年去懽愛永相忘吾欲竟此曲此曲愁人腸歸来酌美酒挾瑟上高堂

漢時童謡歌一首

城中好高髻四方高一尺城中好大眉四方眉半額城中好廣袖四方全疋帛

張衡同聲歌一首

邂逅承際會遇得充後房情好新交接恐慄若探湯不

才勉自竭賤妾職所當綢繆主中饋奉禮助蒸嘗思爲
苑蒻席在下蔽匡牀願爲羅衾幬在上衛風霜洒埽清
枕席鞮芬以狄香重戶結金扃高下華鐙光衣解巾粉
御列圖陳枕張素女爲我師儀態盈萬方衆夫所希見
天老教軒皇樂莫樂斯夜沒齒焉可忘

秦嘉贈婦詩三首 并序

秦嘉字士會隴西人也爲郡上掾其妻徐淑寢疾還家
不獲面別贈詩云爾

人生譬朝露居世多屯蹇憂艱常早至懽會常苦晩念
當奉時役去爾日遥遠遣車迎子還空往復空返省書
情悽愴臨食不能飯獨坐空房中誰與相勸勉長夜不
能眠伏枕獨展轉憂来如尋環匪席不可卷
皇靈無私親為善荷天禄傷我與爾身少小罹煢獨既
得結大義懽樂苦不足念當遠離别思念敘欵曲河廣
無舟梁道近隔丘陸臨路懷惆悵中駕正躑躅浮雲起
高山悲風激深谷良馬不回鞍輕車不轉轂針藥可屢

進愁思難為數貞士篤終始恩義不可屬
肅肅僕夫征鏘鏘揚和鈴清晨當引邁束帶待雞鳴顧
看空室中髣髴想姿形一別懷萬恨起坐為不寧何用
敘我心遺思致款誠寶釵可耀首明鏡可鑒形芳香去
垢穢素琴有清聲詩人感木瓜乃欲答瑤瓊媿彼贈我
厚慙此往物輕雖知未足報貴用敘我情

秦嘉妻徐淑答詩一首

妾身兮不令嬰疾兮來歸沈滯兮家門歷時兮不差曠

廢兮侍覲情敬兮有違君令兮奉命遠適兮京師悠悠兮離别無因兮敘懷瞻望兮踴躍佇立兮徘徊思君兮感結夢想兮容輝君發兮引邁去我兮日乖恨無兮羽翼高飛兮相追長吟兮永歎淚下兮霑衣

蔡邕飲馬長城窟行一首

青青河邊草綿綿思遠道遠道不可思宿昔夢見之夢見在我傍忽覺在他鄉他鄉各異縣展轉不相見枯桑知天風海水知天寒入門各自媚誰肯相為言客從遠

方来遺我雙鯉魚呼兒烹鯉魚中有尺素書長跪讀素書書上竟何如上有加餐飯下有長相憶

陳琳飲馬長城窟行一首

飲馬長城窟水寒傷馬骨往謂長城吏慎莫稽留太原卒官作自有程舉築諧汝聲男兒寧當格鬭死何能怫鬱築長城長城何連連連連三千里邊城多健少内舍多寡婦作書與内舍便嫁莫留住善事新姑章時時念我故夫子報書往邊地君今出語一何鄙身在禍難中

何為稽留他家子生男慎莫舉生女哺用脯君獨不見長城下死人骸骨相撑拄結髮行事君懷悵心意關明知邊地苦賤妾何能久自全

徐幹室思一首

沈陰結愁憂愁憂為誰興念與君生别各在天一方良會未有期中心摧且傷不聊憂飱食慊慊常飢空端坐而無為髣髴君容光其一峩峩高山首悠悠萬里道君去日已遠鬱結令人老人生一世閒忽若暮春草時不可

再得何為自愁惱每誦昔鴻恩賤軀焉足保其二浮雲何洋洋願因通我辭飄颻不可寄徙倚徒相思人離皆復會君獨無反期自君之出矣明鏡暗不治思君如流水何有窮已時其三慘慘時節盡蘭華凋復零喟然長歎息君期慰我情展轉不能寐長夜何綿綿躡履起出戶仰觀三星連自恨志不遂泣涕如涌泉其四思君見巾櫛以益我勞勤安得鴻鸞羽觀此心中人誠心亮不遂搔首立悁悁何言一不見復會無因緣故如比目魚今隔如

參辰其五

人靡不有初想君能終之别來歷年歲舊思何可期重新而忘故君子所尤譏寄身雖在遠豈忘君須臾既厚不為薄想君時見思其六

情詩一首

高殿鬱崇崇廣廈淒泠泠微風起閨闥落日照階庭踟躕雲屋下嘯歌倚華楹君行殊不返我飾為誰榮鑪薰闔不用鏡匣上塵生綺羅失常色金翠暗無精嘉肴既忘御旨酒亦常停顧瞻空寂寂惟聞鶯雀聲憂思連相

囑中心如宿酲

繁欽定情詩一首

我出東門遊邂逅承清塵思君即幽房侍寢執衣巾時無桑中契迫此路側人我即媚君姿君亦悅我顏何以致拳拳綰臂雙金鐶何以致殷勤約指一雙銀何以致區區耳中雙明珠何以致叩叩香囊繫肘後何以致契闊繞腕雙跳脫何以結恩情珮玉綴羅纓何以結中心素縷連雙針何以結相於金薄畫搔頭何以慰別離耳

後瑇瑁釵何以答歡悅紈素三條裾何以結愁悲白絹雙中衣與我期何所乃期東山隅日旰兮不至谷風吹我襦遠望無所見涕泣起踟躕與我期何所乃期山南陽日中兮不来凱風吹我裳逍遥莫誰覩望君愁我腸與我期何所乃期西山側日夕兮不来躑躅長歎息遠望涼風至俯仰正衣服與我期何所乃期山北岑日暮兮不来凄風吹我衿望君不能坐悲苦愁我心愛身以何為惜我華色時中情既欵欵然後尅密期褰衣躡茂

草謂君不我欺厠此醜陋質徙倚無所之自傷失所欲淚下如連絲

古詩無名人為焦仲卿妻作并序

漢末建安中廬江府小吏焦仲卿妻劉氏為仲卿母所遣自誓不嫁其家逼之乃没水而死仲卿聞之亦自縊於庭樹時傷之為詩云爾

孔雀東南飛五里一徘徊十三能織素十四學裁衣十五彈箜篌十六誦詩書十七為君婦心中常苦悲君既

為府吏守節情不移雞鳴入機織夜夜不得息三日斷五足大人故嫌遲非為織作遲君家婦難為妾不堪驅使徒留無所施便可白公姥及時相遣歸府吏得聞之堂上啓阿母兒已薄祿相幸復得此婦結髮同枕席黄泉共為友共事二三年始爾未為久女行無偏斜何意致不厚阿母謂府吏何乃太區區此婦無禮節舉動自專由吾意久懷忿汝豈得自由東家有賢女自名秦羅敷可憐體無比阿母為汝求便可速遣之遣之慎莫留

府吏長跪答伏惟啓阿母今若遣此婦終老不復取阿
母得聞之搥牀便大怒小子無所畏何敢助婦語吾已
失恩義會不相從許府吏默無聲再拜還入戶舉言爲
新婦哽咽不能語我自不驅卿逼迫有阿母卿但暫還
家吾今且報府不久當歸還還必相迎取以此下心意
慎勿違吾語新婦謂府吏勿復重紛紜往昔初陽歲謝
家來貴門奉事循公姥進止敢自專晝夜勤作息伶俜
縈苦辛謂言無罪過供養卒大恩仍更被驅遣何言復

來還妾有繡胥襦葳蕤自生光紅羅複斗帳四角垂香囊箱簾六七十綠碧青絲繩物物各自異種種在其中人賤物亦鄙不足迎後人留待作遺施於今無會因時時為安慰久久莫相忘雞鳴外欲曙新婦起嚴妝著我繡裌裠事事四五通足下躡絲履頭上瑇瑁光胥若流紈素耳著明月璫指如削葱根口如含朱丹纖纖作細步精妙世無雙上堂拜阿母母聽去不止昔作女兒時生小出野里本自無教訓兼媿貴家子受母錢帛多不

堪母驅使今日還家去念母勞家裏却與小姑別淚落連珠子
新婦初来時小姑始扶牀今日被驅遣小姑如我長勤心奉公姥好
自相扶將初七及下九嬉戲莫相忘出門登車去涕落百餘
行府吏馬在前新婦車在後隱隱何甸甸俱會大道口
下馬入車中低頭共耳語誓不相隔卿且暫還家去吾
今且赴府不久當還歸誓天不相負新婦謂府吏感君
區區懷君既若見錄不久望君来君當作盤石妾當作
蒲葦蒲葦紉如絲盤石無轉移我有親父兄性行暴如

雷恐不任我意逆以煎我懷舉手長勞勞二情同依依
入門上家堂進退無顔儀阿母大拊掌不圖子自歸十
三教汝織十四能裁衣十五彈箜篌十六知禮儀十七
遣汝嫁謂言無誓違汝今無罪過不迎而自歸蘭芝慙
阿母兒實無罪過阿母大悲摧還家十餘日縣令遣媒
来云有第三郎窈窕世無雙年始十八九便言多令才
阿母謂阿女汝可去應之阿女銜淚答蘭芝初還時府
吏見丁寧結誓不别離今日違情義恐此事非奇自可

斷来信徐徐更謂之阿母白媒人貧賤有此女始適還家門不堪吏人婦豈合令郎君幸可廣問訊不得便相許媒人去數日尋遣丞請還說有蘭家女承籍有宦官云有第五郎嬌逸未有婚遣丞為媒人主簿通語言直說太守家有此令郎君既欲結大義故遣来貴門阿母謝媒人女子先有誓老姥豈敢言阿兄得聞之悵然心中煩舉言謂阿妹作計何不量先嫁得府吏後嫁得郎君否泰如天地足以榮汝身不嫁義郎體其往欲何云

蘭芝仰頭答理實如兄言謝家事夫壻中道還兄門處分適兄意那得自任專雖與府吏要渠會永無緣登即相許和便可作婚姻媒人下牀去諾諾復爾爾還部白府君下官奉使命言談大有緣府君得聞之心中大歡喜視歷復開書便利此月內六合正相應良吉三十日令已二十七卿可去成婚交語速裝束駱驛如浮雲青雀白鵠舫四角龍子幡婀娜隨風轉金車玉作輪躑躅青驄馬流蘇金鏤鞍齎錢三百萬皆用青絲穿雜綵三

百足交廣市鮭珍從人四五百鬱鬱登郡門阿母謂阿
女適得府君書明日来迎汝何不作衣裳莫令事不舉
阿女默無聲手巾掩口唬淚落便如瀉移我瑠璃榻出
置前窗下左手持刀尺右手執綾羅朝成繡裌裠晚成
單羅衫晻晻日欲暝愁思出門唬府吏聞此變因求假
暫歸未至二三里摧藏馬悲哀新婦識馬聲躡履相逢
迎悵然遙相望知是故人来舉手拍馬鞍嗟嘆使心傷
自君別我後人事不可量果不如先願又非君所詳我

有親父母逼迫兼兄弟以我應他人君還何所望府吏
謂新婦賀卿得高遷盤石方且厚可以卒千年蒲葦一
時紉便作旦夕間卿當日勝貴我獨向黄泉新婦謂府
吏何以出此言同是被逼迫君爾妾亦然黄泉不相見
勿違今日言執手分道去各各還家門生人作死别恨
恨那可論念與世間辭千萬不復全府吏還家去上堂
拜阿母今日大風寒寒風摧樹木嚴霜結庭蘭兒今日
冥冥令母在後單故作不良計勿復怨鬼神命如南山

石四體康且直阿母得聞之零淚應聲落汝是大家子
仕宦於臺閣慎勿為婦死貴賤情何薄東家有賢女窈
窕豔城郭阿母為汝求便復在旦夕府吏再拜還長嘆
空房中作計乃爾立轉頭向戶裏漸見愁煎迫其日牛
馬嘶新婦入青廬奄奄黄昏後寂寂人定初我命絶今
日魂去尸長留攬裠脫絲履舉身赴清池府吏聞此事
心知長別離徘徊庭樹下自挂東南枝兩家求合葬合
葬華山傍東西植松柏左右種梧桐枝枝相覆蓋葉葉

相交通中有雙飛鳥自名爲鴛鴦仰頭相向鳴夜夜達五更行人駐足聽寡婦起傍徨多謝後世人戒之慎勿忘

玉臺新詠卷一

欽定四庫全書

玉臺新詠卷二

陳 徐陵 撰

魏文帝於清河見輓船士新婚與妻別一首

與君結新婚宿昔當別離涼風動秋草蟋蟀鳴相隨洌洌寒蟬吟蟬吟抱枯枝枯枝時飛揚身體忽遷移不悲身遷移但惜歲月馳歲月無窮極會合安可知願為雙黃鵠比翼戲清池

又清河作一首

方舟戲長水湛湛自浮沉弦歌發中流悲響有餘音音聲入君懷悽愴傷人心心傷安所念但願恩情深願為鷁風鳥雙飛翔北林

又甄皇后樂府塘上行一首

蒲生我池中其葉何離離傍能行仁義莫若妾自知衆口鑠黄金使君生别離念君去我時獨愁常苦悲想見君顏色感結傷心脾念君常苦悲夜夜不能寐莫以豪

賢故棄捐素所愛莫以魚肉賤棄捐蔥與薤莫以麻枲賤棄捐菅與蒯出亦復苦愁入亦復苦愁邊地多悲風樹木何脩脩從軍致獨樂延年壽千秋

劉勳妻王氏雜詩二首 并序

王宋者平虜將軍劉勳妻也入門二十餘年後勳悅山陽司馬氏女以宋無子出之還於道中作詩二首

翩翩牀前帳張以蔽光輝昔將爾同去今將爾共歸緘藏篋笥裏當復何時披

誰言去婦薄去婦情更重千里不唾井況乃昔所奉遠
望未爲遥踟蹰不得往

曹植雜詩五首

明月照高樓流光正徘徊上有愁思婦悲歎有餘哀借
問歎者誰言是客子妻君行踰十年孤妾常獨棲君若
清路塵妾若濁水泥浮沉各異勢會合何時諧願爲西
南風長逝入君懷君懷時不開妾心當何依
西北有織婦綺縞何繽紛明晨秉機杼日昃不成文太

息終長夜悲嘯入青雲妾身守空房良人行從軍自期
三年歸今已歷九春孤鳥繞樹翔噭噭鳴索羣願為南
流景馳光見我君
微陰翳陽景清風飄我衣遊魚潛綠水翔鳥薄天飛眇
眇客行士遥役不得歸始出嚴霜結今来白露晞遊子
歎黍離處者歌式微慷慨對嘉賓悽愴内傷悲
攬衣出中閨逍遥步兩楹閑房何寂寞綠草被階庭空
室自生風百鳥翔南征春思安可忘憂感與我并佳人

在遠道妾身獨單煢歡會難再遇蘭芝不重榮人皆棄
舊愛君豈若平生寄松為女蘿依水如浮萍束身奉衿
帶朝夕不墮傾儻願終盼眄永副我中情
南國有佳人容華若桃李朝遊江北岸夕宿湘川沚時
俗薄朱顏誰為發皓齒俛仰歲將暮榮曜難久恃

樂府詩三首

美女妖且閒采桑歧路閒長條紛冉冉落葉何翩翩攘
袖見素手皓腕約金環頭上金爵釵腰佩翠琅玕明珠

交玉體珊瑚閒朱顔羅衣何飄飄輕裾隨風還顧眄遺
光彩長嘯氣若蘭行徒用息駕休者以忘餐借問女安
居乃在城南端青樓臨大路高門結重關容華暉朝日
誰不希令顔媒氏何所營玉帛不時安佳人慕高義求
賢良獨難衆人何嗷嗷安知彼所歡盛年處房室中夜
起長歎　美女篇
種葛南山下葛蔓自成陰與君初婚時結髮恩義深歡
愛在枕席宿昔同衣衾竊慕棠棣篇好樂和瑟琴行年

將晚暮佳人懷異心恩絶曠不接我情遂抑沉出門當何顧徘徊步北林下有交頸獸仰見雙棲禽攀枝長歎息淚下霑羅衿良鳥知我悲延頸對我吟昔為同池魚今若商與參往古皆歡遇我獨困於今棄置妾天命悠悠安可任

種葛篇

浮萍寄清水隨風東西流結髮辭嚴親来為君子仇恪勤在朝夕無端獲罪尤在昔蒙恩惠和樂如瑟琴何意今摧頹曠若商與參茱萸自有芳不若桂與蘭新人雖

可愛無若故所歡行雲有反期君恩儻中還慊慊仰天歎愁心將何愬日月不常處人生忽若遇悲風来入懷淚下如垂露發篋造裳衣裁縫紈與素　浮萍篇

棄婦詩一首

石榴植前庭緑葉摇縹青丹華灼烈烈帷彩有光榮光好煜流離可以戲淑靈有鳥飛来集樹翼以悲鳴悲鳴夫何為丹華實不成拊心長歎息無子當歸寧有子月經天無子若流星天月相終始流星没無精棲遲失所

宜下與瓦石并憂懷從中来歎息通鷄鳴反側不能寐逍遥於前庭踟蹰還入房肅肅帷幕聲褰帷更攝帶撫弦彈素箏慷慨有餘音要妙悲且清收淚長歎息何以負神靈招搖待霜露何必春夏成晚穫為良實願君且安寧

魏明帝樂府詩二首

昭昭素明月暉光燭我牀憂人不能寐耿耿夜何長微風衝閨闥羅帷自飄颻攬衣曳長帶縱履下高堂東西

安所之徘徊以傍徨春鳥向南飛翩翩獨翱翔悲聲命儔匹哀鳴傷我腸感物懷所思泣涕忽霑裳種瓜東井上冉冉自踰垣與君新為婚瓜葛相結連寄託不肖軀有如倚太山菟絲無根株蔓延自登緣萍藻託清流常恐身不全被蒙丘山惠賤妾執拳拳天日照知之想君亦俱然

阮籍詠懷詩二首

二妃遊江濱逍遥從風翔交甫解環珮婉孌有芬芳猗

靡情懽愛千載不相忘傾城迷下蔡容好結中腸感激生憂思萱草樹蘭房膏沐為誰施其雨怨朝陽如何金石交一旦更離傷

昔日繁華子安陵與龍陽夭夭桃李花灼灼有暉光悅懌若九春磬折似秋霜流眄發嫵姿言笑吐芬芳攜手等懽愛宿昔同衾裳願為雙飛鳥比翼共翱翔丹青著明誓永世不相忘

傅玄樂府詩七首

青青河畔草悠悠萬里道草生在春時遠道還有期春
至草不生期盡歎無聲感物懷思心夢想發中情夢君
如鴛鴦比翼雲間翔既覺寂無見曠如參與商河洛自
用固不如中岳安回流不及反浮雲往自還悲風動思
心悠悠誰知者懸景無停居忽如馳駟馬傾耳懷音響
轉目淚雙墮生存無會期要君黃泉下　青青河畔草
篇
苦相身為女卑陋難再陳男兒當門戶墮地自生神雄

心志四海萬里懷風塵女育無欣愛不為家所珍長大逃深室藏頭羞見人無淚適他鄉忽如雨絶雲低頭和顏色素齒結朱脣跪拜無復數婢妾如嚴賓情合同雲漢葵藿仰陽春心乖甚水火百惡集其身玉顏隨年變丈夫多好新昔為形與影今為胡與秦胡秦時相見一絶踰參辰　苦相篇

豫章行

有女懷芬芳媞媞步東箱蛾眉分翠羽明目發清揚丹脣翳皓齒秀色若珪璋巧笑露權靨衆媚不可詳容儀

希世出無乃古毛嬙頭安金步搖耳繫明月璫珠環約
素腕翠爵垂鮮光文袍綴藻黼玉體映羅裳容華既以
豔志節擬秋霜徽音冠青雲聲響流四方妙哉英媛德
宜配侯與王靈應萬世合日月時相望媒氏陳束帛羔
鴈鳴前堂百兩盈中路起若鸞鳳翔凡夫徒踴躍望絕
殊參商　有女篇

豔歌行

昭昭朝時日皎皎晨明月十五入君門一别終華髮同
心忽異離曠如胡與越胡越有會時參辰遼且闊形影

無髣髴音聲寂無達纖弦感促柱觸之哀聲發情思如循環憂来不可遏塗山有餘恨詩人詠采葛蟋蟀吟牀下回風起幽闥春榮隨露落芙蓉生木末自傷命不遇良辰永乖別已爾可奈何譬如紈素裂孤雌翔故巢星流光景絕魂神馳萬里甘心要同穴

朝時篇　怨歌行

皎皎明月光灼灼朝日暉昔為春繭絲今為秋女衣丹脣列青齒翠彩發蛾眉嬌子多好言歡合易為姿玉顏

盛有時秀色隨年衰常恐新間舊變故興細微浮萍無
根本非水將何依憂喜更相接樂極自還悲　明月篇
秋蘭蔭玉池池水清且芳芙蓉隨風發中有雙鴛鴦雙
魚自踴躍兩鳥時回翔君期歷九秋與妾同衣裳　秋
蘭篇
所思兮何在乃在西長安何用存問妾香橙雙珠環何
用重存問羽爵翠琅玕今我兮聞君更有兮異心香亦
不可燒環亦不可沉香燒日有歇環沉日自深　西長

安行

和班氏詩一首

秋胡納令室三日宦他鄉皎皎潔婦姿泠泠守空房嬿婉不終夕別如參與商憂來猶四海易感難可防人言生日短愁者苦夜長百草揚春華攘腕采柔桑素手尋繁枝落葉不盈筐羅衣翳玉體回目流彩章君子倦仕歸車馬如龍驤精誠馳萬里既至兩相忘行人悅令顏請息此樹傍誘以逢郎喻遂下黃金裝烈烈貞女忿言

辭厲秋霜長驅及居室奉金升北堂母立呼婦来歡情樂未央秋胡見此婦惕然懷探湯負心豈不慙永誓非所望清濁必異源鳧鳳不竝翔引身赴長流果哉潔婦腸彼夫既不淑此婦亦太剛

張華情詩五首

北方有佳人端坐鼓鳴琴終晨撫管弦日夕不成音憂来結不解我思存所欽君子尋時役幽妾懷苦心初為三載別於今久滯滛昔邪生戶牖庭內自成林翔鳥鳴

翠隅草蟲相和吟心悲易感激俛仰淚流衿願託鷐風
翼束帶侍衣衾
明月曜清景朧光照玄墀幽人守靜夜回身入空帷束
帶俟將朝廓落晨星稀寐假交精爽覿我佳人姿巧笑
媚權靨聯媚睟與睂寐言增長歎悽然心獨悲
清風動帷簾晨月燭幽房佳人處遐遠蘭室無容光衿
懷擁虛景輕衾覆空牀居懽惜夜促在慼怨宵長撫枕
獨吟歎綿綿心內傷

君居北海陽妾在南江陰懸邈脩塗遠山川阻且深承
歡注隆愛結分投所欽銜思守篤義萬里託微心
遊目四野外逍遥獨延佇蘭蕙緣清渠繁華蔭緑渚佳
人不在兹取此欲誰與巢居覺風飄穴處識陰雨未曾
遠别離安知慕儔侶

雜詩二首

逍遥遊春宫容與緑池阿白蘋齊素葉朱草茂丹華微
風摇茝若增波動芰荷榮彩曜中林流馨入綺羅王孫

遊不歸脩路邈以遐誰與翫遺芳佇立獨咨嗟
荏苒日月運寒暑忽流易同好遊不存苕苕遠離析房
櫳自来風戶庭無行迹蒹葭生牀下蛛蝥網四壁懷思
豈不隆感物重鬱積遊鴈比翼翔歸鴻知接翮来哉彼
君子無愁徒自隔

潘岳内顧詩二首

靜居懷所歡登城望四澤春草鬱青青桑柘何奕奕芳
林振朱榮緑水激素石初征冰未泮忽焉振絺綌漫漫

三千里迢迢遠行客馳情戀朱顏寸陰過盈尺夜愁極
清晨朝悲終日夕山川信悠永願言良弗獲引領訊歸
雲沈思不可釋
獨悲安所慕人生若朝露綿邈寄絶域眷戀想平素爾
情既来追我心亦還顧形體隔不達精爽交中路不見
山上松隆冬不易故不見陵澗柏歲寒守一度無謂希
是踈在遠分彌固

悼亡詩二首

荏苒冬春謝寒暑忽流易之子歸窮泉重壤永幽隔私懷誰克從淹留亦何益僶俛恭朝命回心反初役望廬思其人入室想所歷幃屏無髣髴翰墨有餘迹流芳未及歇遺挂猶在壁帳幔如或存回遑忡驚惕如彼翰林鳥雙棲一朝隻如彼遊川魚比目中路析春風緣隙来晨霤依簷滴寢息何時忘沈憂日盈積庶幾有時衰莊缶猶可擊

皦皦窓中月照我室南端清商應秋至溽暑隨節闌凜

凜涼風升始覺夏衾單豈曰無重纊誰與同歲寒、歲寒、無與同朗月何朧朧展轉晒枕席長簟竟牀空牀空委清塵室虛来悲風獨無李氏靈彷彿覩爾容撫衿長歎息不覺涕霑胷霑胷安能已悲懷從中起寢興自存形遺音猶在耳上慙東門吳下媿蒙莊子賦詩欲言志零落難具紀命也可奈何長戚自令鄙

石崇王昭君辭一首 并序

王明君者本為王昭君以觸文帝諱故改匈奴盛請婚

於漢元帝以後宮良家女子明君配焉昔公主嫁烏孫令琵琶馬上作樂以慰其道路之思其送明君亦必爾也其造新之曲多哀怨之聲故敘之於紙云爾

我本漢家子將適單于庭辭訣未及終前驅已抗旍僕御涕流離轅馬為悲鳴哀鬱傷五内泣淚霑珠纓行行日已遠乃造匈奴城延我於穹廬加我閼氏名殊類非所安雖貴非所榮父子見陵辱對之慙且驚殺身良未易默默以苟生苟生亦何聊積思常憤盈願假飛鴻翼

秉之以遐征飛鴻不我顧佇立以屏營昔為匣中玉今為糞上英朝華不足歡甘為秋草并傳語後世人遠嫁難為情

左思嬌女詩一首

吾家有嬌女皎皎頗白皙小字為紈素口齒自清歷鬢髮覆廣額雙耳以連璧明朝弄梳臺黛眉類埽跡濃朱衍丹脣黄吻瀾漫赤嬌語若連瑣忿速乃明㦎握筆利彤管篆刻未期益執書愛綈素誦習矜所獲其姊字惠

芳面目燦如畫輕妝喜縷邊臨鏡忘紡績舉觶擬京兆立的成復易玩弄眉頰間劇兼機杼役從容好趙舞延袖象飛翮上下弦柱際文史輒卷襞顧眄屏風畫如見已指擿丹青日塵闇明義為隱賾馳騖翔園林菓下皆生摘紅葩掇紫蔕萍實驟抵擲貪華風雨中倏眒數百適務躡霜雪戲重綦常累積并心注肴饌端坐理盤槅翰墨戢函案相與數離逖動為鑪鉦屈屣履任之適止為荼荈據吹噓對鼎䥶脂膩漫白袖烟薰染珂錫衣被

皆重池難與次水碧任其孺子意羞受長者責瞥聞當

與杖掩淚俱向壁

玉臺新詠卷二

玉臺新詠卷三

陳　徐陵　撰

陸機擬古七首

高樓一何峻苕苕峻而安綺窻出塵冥飛階躡雲端佳人撫琴瑟纖手清且閑芳草隨風結哀響馥若蘭玉容誰能顧傾城在一彈佇立望日昃躑躅再三歎不怨佇立久但願歌者歡思駕歸鴻羽比翼雙飛翰　擬西北

有高樓

西山何其峻曾曲鬱崔嵬零露彌天墜蕙葉憑林衰寒暑相因襲時逝忽如遺三閭結飛轡大耋悲落暉曷為牽世務中心悵有違京雒多妖麗玉顏侔瓊蕤閑夜撫鳴琴惠音清且悲長歌赴促節哀響逐高徽一唱萬夫歎再唱梁塵飛思為河曲鳥雙遊豐水湄

擬東城高且長

嘉樹生朝陽凝霜封其條執心守時信歲寒不敢凋美

人何其曠灼灼在雲霄隆想彌年時長嘯入風飄引領望天末譬彼向陽翹

擬蘭若生春陽

炤炤天漢暉粲粲光天步牽牛西北回織女東南顧華容一何綺揮手如振素怨彼河無梁悲此年歲暮跂彼無良緣睆焉不得度引領望大川雙涕如霑露

擬迢迢牽牛星

靡靡江離草熠燿生河側皎皎彼姝女阿那當軒織粲粲妖容姿灼灼華美色良人遊不歸偏棲獨隻翼空房

来悲風中夜起歎息　擬青青河畔草
懽友蘭時往迢迢匿音徽虞淵引絶景四節遊若飛芳草久已茂佳人竟不歸躑躅遵林渚惠風入我懷感物戀所歡采此欲貽誰　擬庭中有奇樹
上山采瓊蕋穹谷饒芳蘭采采不盈掬悠悠懷所歡故鄉一何曠山川阻且難沉思鍾萬里躑躅獨吟歎　擬涉江采芙蓉

為顧彥先贈婦二首

辭家遠行遊悠悠三千里京洛多風塵素衣化為緇循
身悼憂苦感念同懷子隆思亂心曲沈歡滯不起歡沈
難克興心亂誰為理願假歸鴻翼翩飛浙江汜
東南有思婦長歎充幽闥借問歎何為佳人眇天末遊
宦久不歸山川脩且闊形影參商乖音息曠不達離合
非有常譬彼弦與筈願保金石志慰妾長飢渴

周夫人贈車騎一首

碎碎織細練為君作縟襦君行豈有顧憶君是妾夫昔

者得君書聞君在高平今時得君書聞君在京城京城華麗所璀粲多異端男兒多遠志豈知妾念君昔者與君別歲聿將薄暮日月一何速素秋墜湛露湛露何冉冉思君隨歲晚對食不能餐臨觴不能飯

樂府三首

扶桑升朝暉照此高臺端高臺多妖麗洞房出清顏淑貌曜皎日惠心清且閑美目揚玉澤蛾眉象翠翰鮮膚一何潤彩色若可餐窈窕多容儀婉媚巧笑言暮春春

服成綦綦綺與紈金雀垂藻翹瓊珮結瑤璠方駕揚清塵濯足洛水瀾藹藹風雲會佳人一何繁南崖充羅幕北渚盈軿軒清川含藻影高岸被華丹馥馥芳袖揮泠泠纖指彈悲歌吐清音雅舞播幽蘭丹脣含九秋妍迹淩七盤赴曲迅驚鴻蹈節如集鸞綺態隨顏變沈姿無定源俯仰紛阿那顧步咸可歡遺芳結飛飈浮景映清湍冶容不足詠春遊良可歎

豔歌行

遊僊聚靈族高會曾山阿長風萬里舉慶雲鬱嵯峨宓

妃興洛浦王韓起泰華北徵瑤臺女南要湘川娥肅肅
宵駕動翩翩翠蓋羅羽旗棲瑣鸞玉衡吐鳴和太容揮
高弦洪崖發清歌獻酬既已周輕軒垂紫霞總轡扶桑
枝濯足暘谷波清暉溢天門垂慶惠皇家　前緩聲歌
江蘺生幽渚微芳不足宣被蒙風雨會移君華池邊發
藻玉臺下垂影滄浪淵霑潤既已渥結根奥且堅四節
遊不處華繁難久鮮淑氣與時殞餘芳隨風捐天道有
遷易人理無常全男懽智傾愚女愛衰避妍不惜微軀

退但懼蒼蠅前顧君廣末光照妾薄暮年　塘上行

陸雲為顧彥先贈婦往反四首

我在三川陽子居五湖陰山海一何曠譬彼飛與沈目想清惠姿耳存淑媚音獨寐多遠念寤言撫空衿彼美同懷子非爾誰為心

悠悠君行邁煢煢妾獨止山河安可踰永隔路萬里京室多妖冶粲粲都人子雅步嫋纖腰巧笑發皓齒佳麗良可羨衰賤焉足紀遠蒙眷顧言銜恩非望始

翩翩飛蓬征郁郁寒木榮遊止固殊性浮沉豈一情隆
愛結在昔信誓貫三靈秉心金石固豈從時俗傾美目
誓不顧纖胥徒盈盈何用結中款仰指北辰星
浮海難為水遊林難為觀容色貴及時朝華忌日晏皎
皎彼姝子灼灼懷春粲西城善雅舞總章饒清彈鳴黃
發丹脣朱弦繞素腕輕裾猶電揮雙袂如霞散華容溢
藻幄哀響入雲漢知音世所希非君誰能讚棄置北辰
星問此玄龍煥時暮勿復言華落理必賤

張協雜詩一首

秋夜涼風起清氣蕩暄濁蜻蛚吟階下飛蛾拂明燭君子從遠役佳人守煢獨離居幾何時鑽燧忽改木房櫳無行跡庭草萋已緑青苔依空牆蜘蛛網四屋感物多所懷沈憂結心曲

楊方合歡詩五首

虎嘯谷風起龍躍景雲浮同聲好相應同氣自相求我情與子親譬如影追軀食共並根穗飲共連理杯衣用

雙絲絹寢共無縫綢居願接膝坐行願攜手趨子靜我不動子遊我無留齊彼同心鳥譬此比目魚情至斷金石膠漆未為牢但願長無別合形作一軀生為併身物死為同棺灰秦氏自言至我情不可傳

磁石招長針陽燧下炎煙宮商聲相和心同自相親我情與子合亦如影追身寢共織成被絮用同功綿暑搖比翼扇寒坐併肩氈子笑我必哂子感我無懽來與子共迹去與子同塵齊彼蛩蛩獸舉動不相捐惟願長無

别合形作一身生有同室好死成併棺民徐氏自言至我情不可陳

獨坐空室中愁有數千端悲響答愁歎哀涕應苦言彷徨四顧望白日入西山不覩佳人来但見飛鳥還飛鳥亦何樂夕宿自作羣

飛黄銜長轡翼翼回輕輪俯涉綠水澗仰過九層山脩途曲且險秋草生兩邊黄華如沓金白華如散銀青敷羅翠彩絳葩象赤雲爰有承露枝紫榮合素芬扶疎垂

清藻布翹芳且鮮目爲豔彩回心爲奇色旋撫心悼孫
客俯仰還自憐踟躕向壁歎攬筆作此文
南隣有奇樹承春挺素華豐翹被長條綠葉蔽朱柯因
風吐微音芳氣入紫霞我心羨此木願徙着余家夕得
遊其下朝得弄其葩爾根深且堅余宅淺且洿移植良
無期歎息將如何

王鑒七夕觀織女一首

牽牛悲殊館織女悼離家一稔期一宵此期良可嘉赫

奕玄門開飛閣欝嵯峨隱隱驅千乘闐闐越星河六龍奮瑶轡文螭負瓊車火丹秉瑰燭素女執瓊華絳旗若吐電朱蓋如振霞雲韶何嘈嗷靈鼓鳴相和亭軒紆高盼眷予在岌峩澤因芳露霑恩附蘭風加明發相從遊翩翩鸞鷟羅同遊不同觀念子憂怨多敬因三祝末以爾屬皇娥

李充嘲友人一首

同好齊歡愛纏綿一何深子既識我情我亦知子心嬿

婉歷年歲和樂如瑟琴良辰不我俱中闊似商參爾隔北山陽我分南川陰嘉會罔克從積思安可任目想妍麗姿耳存清媚音脩晝興永念遥夜獨悲吟逝將尋行役言别涕霑襟願爾降玉趾一顧重千金

曹毗夜聽擣衣一首

寒興御紈素佳人理衣襟冬夜清且永皓月照堂陰纖手疊輕素朗杵叩鳴砧清風流繁節回飇灑微吟嗟此往運速悼彼幽滯心二物感余懷豈但聲與音

陶潛擬古一首

日暮天無雲春風扇微和佳人美清夜達曙酣且歌歌竟長歎息持此感人多明明雲間月灼灼葉中花豈無一時好不久當如何

荀昶樂府二首

朝發邯鄲邑暮宿井陘間井陘一何狹車馬不得旋邂逅相逢值崎嶇交一言一言不容多伏軾問君家君家誠難知難知復易博南面平原居北趨相如閣飛樓臨

夕都通門枕華郭入門無所見但見雙棲鶴棲鶴數十雙鴛鴦羣相追大允珥金鐺中兄振纓緌伏臘二來歸隣里生光輝小弟無所作鬭鷄東陌逵大婦織紈綺中婦縫羅衣小婦無所作挾瑟弄音徽丈人且却坐梁塵將欲飛

擬相逢狹路間

熒熒山上火迢迢隔隴左隴左不可至精爽通寤寐寤寐衾幬同忽覺在他邦他邦各異邑相逐不相及迷墟在望煙木落知冰堅升朝各自進誰肯相攀牽客從北

方来遺我端弋綈命僕開弋綈中有隱起珪長跪讀隱
珪辭苦聲亦悽上言各努力下言長相懷　擬青青河
畔草

王微雜詩二首

桑妾獨何懷傾筐未盈把自言悲苦多排却不肯捨妾
悲叵陳訴塡憂不消治寒鴈歸所從半塗失憑假壯情
抃驅馳猛氣捍朝社常懷雪漢慙常欲復周雅重名好
銘勒輕軀願圖寫萬里度沙漠懸師蹈朔野傳聞兵失

利不見來歸者奚處埋旍麾何處喪車馬撫心悼恭人
零淚覆面下徒謂久別離不見長孤寡寂寂掩高門寥
寥空廣廈待君竟不歸收顔今就檟
思婦臨高臺長想憑華軒弄弦不成曲哀歌若送言箕
帚留江介良人處鴈門詎憶無衣苦但知狐白温日暗
牛羊下野雀滿空園孟冬寒風起東壁正中昏朱火獨
照人抱景自愁怨誰知心曲亂所思不可論

謝惠連雜詩三首

落日隱簷楹升月照房櫳團團滿葉露析析振條風蹀足循廣塗瞬目矖曾穹雲漢有靈匹彌年闕相從遐川阻睠愛脩渚曠清容弄杼不成彩聳轡騖前蹤昔離秋已兩今聚夕無雙傾河易回斡欵顏難久悰沃若靈駕旋寂寥雲幄空留情顧華寢遥心逐奔龍沈吟為爾感情深意彌重

七月七日詠牛女

衡紀無淹度晷運忽如催白露滋園菊秋風落庭槐肅肅沙鷄羽烈烈寒螿嗁夕陰結空幕宵月皓中閨美人

戒裳服端餝相招攜簪玉出北房鳴金步南階欄高砧
響發楹長杵聲哀微芳起兩袖輕翰染雙題紈素既已
成君子行不歸裁用笥中刀縫為萬里衣盈篋自予手
幽緘俟君開署帶準疇昔不知今是非　擣衣
客從遠方来贈我鵠文綾貯以相思篋緘以同心繩裁
為親身服著以俱寢興別来經年歲歡心不可凌寫酒
置井中誰能辯斗升合如栝中水誰能判淄澠　代古

劉鑠雜詩五首

眇眇淩羨道遥遥行遠之回車背京里揮手於此辭堂上流塵生庭中緑草滋寒螿翔水曲秋兎依山基芳年有華月佳人無還期日夕涼風起對酒長相思悲發江南調憂委子衿詩卧看明鐙晦坐見輕紈淄淚容曠不飭幽鏡難復治願垂薄暮景照妾桑榆時

代行行重行行

落宿半遥城浮雲藹曾闕玉宇来清風羅帳延秋月結思想伊人沈憂懷明發誰謂行客遊屢見流芳歇河廣

川無梁山高路難越　代明月何皎皎
白露秋風始秋風明月初明月照高樓白露皎玄除迫
及涼雲起行見寒林疎客從遠方來贈我千里書先叙
懷舊愛末陳久離居一章意不盡三復情有餘願遂平
生眷無使甘言虛　代孟冬寒氣至
淒淒含露臺肅肅迎風館思女御櫺軒哀心徹雲漢端
撫悲弦泣獨對明鐙歎良人久徭役耿介終昏旦楚楚
秋水歌依依采菱彈　代青青河畔草

秋動清氛扇火移炎氣歇廣欄含夜陰高軒通夕月安
步巡芳林傾望極雲闕組幕縈漢陳龍駕凌霄發誰云
長河遥頗劇促筵越沈情未申寫飛光已飄忽來對眇
難期今歡自兹没　詠牛女

玉臺新詠卷三

玉臺新詠卷四

陳　徐陵　撰

王僧達七夕月下一首

遠山斂氛祲廣庭揚月波氣往風集隙秋還露泫柯節期既已孱中宵振綺羅来歡詎終夕收淚泣分河

顔延之為織女贈牽牛七夕一首

婺女儷經星常娥棲飛月慙無二媛靈託身侍天闕閶

閶殊未晞咸池豈沐髮漢陰不久張長河為誰越雖有促讌期方須涼風發虛計雙曜周空遲三星沒非怨杼軸勞但念芳菲歇

秋胡詩九首

椅梧傾高鳳寒谷待鳴律影響豈不懷自遠每相匹婉彼幽閑女作嬪君子室峻節貫秋霜明豔侔朝日嘉運既我從欣願自此畢其一燕居未及好良人顧有違脫巾千里外結綬登王畿戒途在昧旦左右來相依驅車出

郊郭行路正感遲存為久離別没為長不歸其二嗟余怨
行役三陟窮晨暮嚴駕越風寒解鞍犯霜露原隰多悲
涼回飈卷高樹離獸起荒蹊驚鳥縱横去悲哉遊宦子
勞此山川路其三迢遥行人遠婉轉年運徂良時為此別
日月方向除孰知寒暑積僶俛是榮枯歲暮臨空房涼
風起坐隅寢興日已寒白露生庭蕪其四勤役從歸願反
路遵山河昔辭秋未素今也歲載華蠶月觀時暇桑野
多經過佳人從所務窈窕援高柯傾城誰不顧弭節停

中阿其五年往誠思勞事遠闊音形雖為五載別相與昧平生捨車遵往路鳧藻馳目成南金豈不重聊自意所輕義心多苦調密此金玉聲其六高節難久淹朅來空復辭遲遲前塗盡依依造門基上堂拜嘉慶入室問何之日暮行采歸物色桑榆時美人望昏至慙歎前相持其七有懷誰能已聊用申苦難離居殊年歲一別阻河關春來無時豫秋至應早寒明發動愁心閨中起長嘆慘悽歲方晏日落遊子顏其八高張生絕弦聲急由調起自昔

枉光塵結言固終始如何久為别百行愆諸己君子失時義誰與偕没齒媿彼行露詩甘之長川汜其九

鮑昭雜詩九首

始見西南樓纖纖如玉鉤末映東北墀娟娟似蛾眉蛾眉蔽珠櫳玉鉤隔綺窻三五二八時千里與君同夜移衡漢落徘徊帷幌中歸華先委露别葉早辭風客遊厭辛苦仕子倦飄塵休澣自公日晏慰及私辰蜀琴抽白雪郢曲繞陽春肴乾酒未缺金壺啓夕輪回軒駐輕蓋

留酌待情人　翫月城西門

鳳樓十二重四户八綺窻繡桷金蓮花桂柱玉盤龍珠簾無隔露羅幌不勝風寶帳三千萬爲爾一朝容揚芬紫煙上垂彩綠雲中春吹向白日霜歌落塞鴻但懼秋塵起盛愛逐衰蓬坐視青苔滿卧對錦筵空琴筑縱横散舞衣不復縫古来皆歌薄君意豈獨濃惟見雙黄鵠千里一相從　代京雒篇

直如朱絲繩清如玉壺冰何慙宿昔意猜恨坐相仍人

情賤恩舊世義逐衰興毫髮一為瑕丘山不可勝食苗實碩鼠點白信蒼蠅鳧鵠遠成美薪芻前見凌申黜褒女進班去趙姬昇周王日淪惑漢帝益嗟稱心賞猶難恃貌恭豈易憑古來共如此非君獨撫膺

擬樂府白頭吟

季春梅始落女工事蠶作采桑淇洧閒還戲上宮閣早蒲時結陰晚篁初解籜藹藹霧滿閨融融景盈幕乳鷰逐草蟲巢蜂拾花蕚是節最暄妍佳服又新爍歛歎對

回塗揚歌弄場藋抽琴試佇思薦珮果誠託承君郢中
美服義久心諾衛風古愉豔鄭俗舊浮薄虛顏悲渡湘
空賦笑渥洛盛明難重來淵意為誰洞君其且調弦桂
酒妾行酌　采桑詩
衛淡出郭門撫劒無人達沙風闇塞起離心眷鄉畿夜
分就孤枕夢想暫言歸孀婦當戶笑搔絲復鳴機慊欵
論久別相將還綺幃靡靡簷下涼朧朧窗裏煇刈蘭爭
芬芳采菊競葳蕤開匳集香蘇探袖解纓徽寐中長路

近覺後大江違驚起空歎息恍忽神魂飛白水漫浩浩
高山壯巍巍波潮異往復風霜改榮衰此土非吾土慷
慨當訴誰

夢還詩

河畔草未黃胡鴈已矯翼秋蛩扶戶吟寒婦晨夜織去
歲征人還流傳舊相識聞君上隴時東望久歎息宿昔
衣帶改旦暮異容色念此憂如何夜長憂向多明鏡塵
匣中寶琴生網羅

擬古

雙鸞戲雲崖羽翮始差池出入南閨裏經過北堂垂意

欲巢君幕層楹不可窺沈吟芳歲晚徘徊韶景移悲歌辭舊愛銜泥見新知

詠鶯

寒灰滅更然夕華晨更鮮春冰雖暫解冬冰復還堅佳人捨我去賞愛長絶緣歡至不留時每感輙傷年

雙劍將別離先在匣中鳴煙雨交將夕從此遂分形雖沉呉江水雄飛入楚城呉江深無底楚城有崇扃一為天地別豈直阻幽明神物終不隔千祀儻還并

贈故人

王素學阮步兵體一首

沈情發遐慮紆鬱懷所思髣髴聞簫管鳴鳳接嬴姬聯綿共雲翼嬿婉相攜持寄言芳華士寵利不常期涇渭分清濁視彼谷風詩

吳邁遠擬樂府四首

可憐雙白鶴雙雙絶塵氛連翩弄光景交頸遊青雲逢羅復逢繳雌雄一旦分哀聲流海曲孤叫出江濆豈不慕前侶為爾不及羣步步一零淚千里猶待君樂哉新

相知悲矣生别離恃此百年命共逐寸陰移譬如空山草零落心自知　飛来雙白鵠

百里望咸陽知是帝京域緑樹揺雲光春城起風色佳人愛景華流靡園塘側妍姿豔月映羅衣飄蟬翼宋玉歌陽春巴人長歎息雅鄭不同賞那令君悽惻生平重愛惠私自憐何極　陽春曲

生離不可聞況復長相思如何與君别當我盛年時蕙花每揺蕩妾心空自持榮乏草木歡悴極霜露悲富貴

身難老貧賤年易衰持此斷君腸君亦宜自疑淮陰有
逸將折翮謝翻飛楚亦扛鼎士出門不得歸正為隆準
公杖劒入紫微君才定何如白日下爭暉　長别離
晨有行路客依依造門端人馬風塵色知從河塞還時
我有同棲結宦遊邯鄲將不異客子分饑復共寒煩君
尺帛書寸心從此單遣妾長憔悴豈復歌笑顏簷隱千
霜樹庭枯十載蘭經春不舉袖秋落寧復看一見願道
意君門已九關虞卿棄相印擔簦為同歡閨陰欲早霜

何事空盤桓　長相思

鮑令暉雜詩六首

梟梟臨窗竹藹藹垂門桐灼灼青軒女泠泠高臺中明志逸秋霜玉顏豔春紅人生誰不别恨君早從戎鳴弦慙夜月紺黛羞春風　擬青青河畔草

客從遠方来贈我漆鳴琴木有相思文弦有别離音終身執此調歲寒不改心願作陽春曲宫商長相尋　擬客從遠方来

自君之出矣臨軒不解顏砧杵夜不發高門晝常關帳
中流熠燿庭前華紫蘭物枯謝節異鴻来知客寒遊用
暮冬盡除春待君還

題書後寄行人

寒鄉無異服衣氈代文練日月望君歸年年不解綖荆
揚春早和幽冀猶霜霰北寒妾已知南心君不見誰為
道辛苦寄情雙飛鸞形迫杼煎絲顏落風催電容華一
朝盡惟餘心不變

古意贈今人

明月何皎皎垂帷照羅茵若共相思夜知同憂怨晨芳

華豈矜貌霜露不憐人君非青雲逝飄迹事咸秦妾持
一生淚經秋復度春
君子將傜役遺我雙題錦臨當欲去時復留相思枕題
用常著心枕以憶同寢行行日已遠轉覺思彌甚　代
葛沙門妻郭小玉詩
丘巨源雜詩二首
妙縞貴東夏巧媛出吳閶裁狀白玉璧縫似明月輪表
裏鏤七寶中銜駭鷄珍畫作景山樹圖爲河洛神来延

揮握玩入與環釧親生風長袖際晞華紅粉津拂眄迎嬌意隱映含歌人時移務忘故節改競存心卷情隨象簟舒心謝錦茵歷歇何足道敬哉先後晨

詠七寶扇

披袵之遊術憑軾寡文才蓬門長自寂虛室視生埃貴里臨妝館東隣歌吹臺雲間嬌響徹風末豔聲来飛華瑶翠幄揚芬金碧栖久絶中州美從念尸鄉灰遺情悲近世中山安在哉

聽隣妓

王元長雜詩五首

遊禽暮知反行人獨不歸坐銷芳草氣空度明月輝嚬
容入朝鏡思淚點春衣巫山彩雲沒淇上綠條稀待君
竟不至秋鴈雙雙飛
霜氣下孟津秋風度函谷念君淒已寒當軒卷羅縠纖
手廢裁縫曲鬢罷膏沐千里不相聞寸心鬱氛氳況復
飛螢夜木葉亂紛紛　古意
抱月如可明懷風殊復清絲中傳意緒花裏寄春情掩
抑有奇態悽鏘多好聲芳袖幸時拂龍門空自生　詠

琵琶

幸得與珠綴羃歷君之楹月映不辭卷風来輙自輕每聚金鑪氣時駐玉琴聲俱頋致尊酒蘭釭當夜明

詠幔

響像巫山高薄暮陽臺曲煙霞乍舒卷蘅芳時斷續彼美如可期寤言紛在屬憮然坐相思秋風下庭綠

巫山高

謝朓雜詩十二首

日落窻中坐紅妝好顔色舞衣襞未縫流黄覆不織蜻蛉草際飛遊蜂花上食一遇長相思願寄連翩翼

清吹要碧玉調弦命緑珠輕歌急綺帶含笑解羅襦餘曲詎幾許高駕且踟躕徘徊韶景暮惟有洛城隅　贈王主簿

掖庭聘絶國長門失歡讌相逢詠蘼蕪辭寵悲團扇花叢亂數蝶風簾入雙燕徒使春帶賒坐惜紅顔變平生一顧重夙昔千金賤故人心尚永故心人不見　同王

主簿怨情

瓊閨釧響聞瑶席芳塵滿要取洛陽人共命江南管情多舞態遲意傾歌弄緩知君密見親寸心傳玉碗

上客光四座佳麗直千金挂釵報纓絶墮珥荅琴心蛾眉已共笑清香復入衾夜樂夜方靜翠帳垂沉沉　夜

聽妓

生平宮閤裏出入侍丹墀開笥方羅縠窺鏡比蛾眉初別意未解去久日生悲顦顇不自識嬌羞餘故姿夢中

忽髣髴猶言承讌私　詠邯鄲故才人嫁為厮養卒婦

秋夜促織鳴南鄰擣衣急思君隔九重夜夜空佇立北

窻輕幔垂西戸月光入何知白露下坐視前階濕誰能

長分居秋盡冬復及　秋夜

發翠斜漢裏蓄寳宕山峰抽莖類僊掌銜光似燭龍飛

蛾再三繞輕花四五重孤對相思夕空照舞衣縫　鐙

杏梁賓未散桂宫明欲沉曖色輕帷裏低光照寳琴徘

徊雲鬢影灼爍綺疏金恨君秋月夜遺我洞房陰　燭

本生朝夕池落景照參差汀洲蔽杜若幽渚奪江蘺遇
君時采擷玉座奉金巵但願羅衣拂無使素塵彌席
玲瓏類丹檻苕亭似玄闕對鳳懸清冰垂龍挂明月照
粉拂紅妝插花理雲髮玉顏徒自見常畏君情歇鏡
臺
新葉初冉冉初蕊新霏霏逢君後園讌相隨巧笑歸親
勞君玉指摘以贈南威用持插雲髻翡翠比光輝日暮
長零落君恩不可追 落梅

陸厥中山王孺子妾歌

如姬寢臥内班妾坐同車洪波陪飲帳林光晏秦餘歲暮寒飈及秋水落芙蕖子瑕矯後駕安陵泣前魚賤妾終已矣君子定焉如

施榮泰雜詩

趙女脩麗姿燕姬正容飾妝成桃毀紅黛起草慙色羅裳數十重猶輕一蟬翼不言縠袖輕專歎風多力鏘珮玉池邊弄笑銀臺側折柳貽目成捕蒲贈心識来時嬌

未盡還去媚何極

玉臺新詠卷四

欽定四庫全書

玉臺新詠卷五

陳 徐陵 撰

江淹古體

遠與君别者乃至鴈門關黃雲蔽千里遊子何時還送君如昨日簷前露已團不惜蕙草晚所悲道里寒君子在天涯妾心久别離願一見顏色不異瓊樹枝兎絲及水萍所寄終不移

班婕妤

紈扇如團月出自機中素畫作秦王女乘鸞向煙霧彩色世所重雖新不代故竊悲涼風至吹我玉階樹君子恩未畢零落在中路

張司空離情

秋月映簾櫳懸光入丹墀佳人撫鳴琴清夜守空帷蘭徑少行迹玉臺生網絲夜樹發紅彩閨草含碧滋羅綺為君整萬里贈所思願垂湛露惠信我皎日期

休上人怨別

西北秋風至楚客心悠哉日暮碧雲合佳人殊未来露彩方泛豔月華始徘徊寶書為君掩瑶琴詎能開相思巫山渚悵望雲陽臺金鑪絕沈燎綺席徧塵埃桂水日千里因之平生懷

丘遲敬酬柳僕射征怨

清歌自言妍雅舞空仙仙耳中解明月頭上落金鈿雀飛且近遠暮入綺窓前魚戲雖南北終還荷葉邊惟見

君行久新年非故年

答徐侍中為人贈婦

丈夫吐然諾受命本遺家糟糠且棄置蓬首亂如麻側聞洛陽客金蓋翼高車謁帝時來下光景不可奢幽房一洞啓二八盡芬華羅裾有長短翠鬢無低斜長眉横玉臉皓腕卷輕紗俱看依井蝶共取落檐花何言征戍苦抱膝空咨嗟

沈約登高望春

登高眺京洛街巷紛漠漠回首望長安城闕鬱盤桓日
出照鈿黛風過動羅紈齊童躡朱履趙女揚翠翰春風
揺雜樹葳蕤緑且丹寶瑟玫瑰柱金羈瑇瑁鞍淹留宿
下蔡置酒過上蘭解着還復斂方知巧笑難佳期空靡
靡含睇未成歡嘉客不可見因君寄長歎

昭君辭

朝發披香殿夕濟汾陰河於茲懷九逝自此斂雙蛾凝
妝沾湛露繞臆狀流波日見奔沙起稍覺轉蓬多胡風

犯肌骨非直傷綺羅銜涕試南望關山鬱嵯峨始作陽

春曲終成苦寒歌惟有三五夜明月鑒經過

少年新婚為之詠

山陰柳家女莫言出田墅手容好姿顏便僻工言語腰

肢既軟弱衣服亦華楚紅輪映早寒畫扇迎初暑錦履

並花紋繡帶同心縷羅襦金薄廁雲鬢花釵舉我情已

鬱紆何用表崎嶇託意眉間黛申心口上朱莫爭三春

價坐喪千金軀盈尺青銅鏡徑寸合浦珠無因達往意

欲寄雙飛舄裾開見玉趾衫薄映凝膚羞言趙飛鷰笑殺秦羅敷自顧雖悴薄冠盖曜城隅高門列騶駕廣路從驪駒何慚鹿盧劒詎減府中趨還家問鄉里詎堪持作夫

雜曲三首

捨轡下彫輅更衣奉玉牀斜簪映秋水開鏡比春妝所畏紅顏促君恩不可長鷄冠且容裔豈吝桂枝亡　攜手曲

西征登隴首東望不見家關樹抽紫葉塞草發青芽昆明當欲滿蒲萄應作花流淚對漢使因書寄狹斜　有所思

河漢縱且横北斗横復直星漢空如此寧知心有憶孫鐙曖不明寒機曉猶織零淚向誰道雞鳴徒歎息　夜夜曲

雜詠五首

楊柳亂如絲綺羅不自持春草青復緑客心傷此時翠

苔已結洧碧水復盈淇日華照趙瑟風韻動燕姬襟中萬行淚故是一相思　春詠

風來吹葉動風去畏花傷紅英已照灼况復含日光歌童暗理曲游女夜縫裳詎減當春淚能斷思人腸　詠桃

月華臨靜夜夜靖滅氛埃方暉竟戶入圓影隙中來高樓切思婦西園游上才綢軒映珠綴應門照綠苔洞房殊未曉清光信悠哉　詠月

輕陰拂建章夾道連未央因風結未解霑露柔且長楚
妃思欲絶班女淚成行流人未應去為此歸故鄉 詠
柳

江南簫管地妙響發孫枝慇勤寄玉指含情舉復垂彫
梁再三繞輕塵四五移曲中有深意丹誠君詎知 詠
篪

六憶詩四首 三言五言

憶來時的的上階墀勤勤敘離別慊慊道相思相看常

不足相見乃忘飢

憶坐時點點羅帳前或歌四五曲或弄兩三弦笑時應

無比嗔時更可憐

憶食時臨盤動容色欲坐復羞坐欲食復羞食含哺如

不飢擎甌似無力

憶眠時人眠彊未眠解羅不待勸就枕更須牽復恐傍

人見嬌羞在燭前

十詠二首

纖手製新奇刺作可憐儀縈絲飛鳳子結縷坐花兒不
聲如動吹無風自裊移麗色儻未歇聊承雲鬢垂　領
邊繡
丹墀上颯沓玉殿下趨鏘逆轉珠珮響先表繡袿香裾
開臨舞席拂袖繞歌堂所歎忘懷妾見委入羅牀　脚
下履

擬青青河畔草

漠漠牀上塵中心憶故人故人不可憶中夜長歎息歎

息想容儀不欲長別離別離稍已久空牀寄杯酒

擬三婦

大婦掃玉墀中婦結羅幃小婦獨無事對鏡畫蛾眉良人且安卧夜長方自私

古意

挾瑟叢臺下徙倚愛容光佇立日已暮戚戚苦人腸露葵已堪摘湛水未霑裳錦衾無獨煖羅衣空自香明月雖外照寧知心内傷

夢見美人

夜聞長歎息知君心有憶果有閶闔開魂交覩容色既薦巫山枕又奉齊眉食立望復横陳忽覺非在側那惡神傷者潺湲涙霑臆

效古

可憐桂樹枝單雄憶故雌歲暮異棲宿春至猶别離山河隔長路路遠絶容儀豈云無我匹寸心終不移

初春

扶道覓陽春佳人共攜手草色獨自菲林中都未有無
事逐梅花空中信楊柳且復歸去來含情寄桮酒

悼亡

去秋三五月今秋還照房今春蘭蕙草來春復吐芳悲
哉人道異一謝永銷亡屏筵空有設帷席更施張遊塵
掩虛座孤帳覆空牀萬事無不盡徒令存者傷

柳惲擣衣詩一首

孤衾引思緒獨枕愴憂端深庭秋草綠高門白露寒思

君起清夜促柱奏幽蘭不怨飛蓬苦徒傷蕙草殘其一行
役滯風波游人淹不歸亭皋木葉下隴首秋雲飛寒園
夕鳥集思牖草蟲悲嗟矣當春服安見御冬衣其二鶴鳴
勞永歎采菉傷時暮念君方遠徭望妾理紈素秋風吹
綠潭明月懸高樹佳人飾淨容招攜從所務其三步欄杳
不極離家肅已扃軒高夕杵散氣爽夜砧鳴瑶華隨步
響幽蘭逐袂生踟蹰理金翠容與納宵清其四泛豔回煙
彩淵旋龜鶴文淒淒合歡袖冉冉蘭麝芬不怨杼軸苦

所悲千里分垂泣送行李傾首遲歸雲其五

鼓吹曲二首

別島望風臺天淵臨水殿芳草生未積春花落如霰出
從張公子還過趙飛鷰奉帚長信宮誰知獨不見　獨
不見
少長倡家女出入燕南垂惟持德自美本以容見知舊
聞關山遠何事總金羈妾心日已亂秋風鳴細枝　度
關山

雜詩

雲輕色轉暖草綠晨芳歸山墟罷寒晦園澤潤朝暉春心多感動覩物情復悲自君之出矣蘭堂罷鳴機徒知游宦是不念別離非

長門怨

玉壺夜愔愔應門重且深秋風動桂樹流月搖輕陰綺簷清露溽網戶思蟲吟歎息下蘭閣含愁奏雅琴何由鳴曉珮復得抱宵衾無復金屋念豈照長門心

江南曲

汀洲采白蘋日落江南春洞庭有歸客瀟湘逢故人故人何不返春華復應晚不道新知樂且言行路遠

起夜来

城南斷車騎閤道覆清埃露華光翠網月影入蘭臺洞房且莫掩應門或復開颯颯秋桂響非君起夜来

七夕穿針

代馬秋不歸緇紈無復緒迎寒理夜縫映月抽纖縷的

皪愁睇光連娟思眉聚清露下羅衣秋風吹玉柱流陰
稍已多餘光欲難取

詠席

照日汀洲際搖風綠潭側雖無獨繭輕幸有青袍色羅
袖少輕塵象牀多麗飾願君蘭夜飲佳人時宴息

江洪詠歌姬

寶鑷間珠花分明靚妝點薄鬢約微黃輕紅澹鉛臉發
言芳已馳復加蘭蕙染浮聲易傷歎沈唱安而險孤轉

忽徘徊雙蛾乍舒斂不持全示人半用輕紗掩

舞女

腰纎蔑楚媛體輕非趙姬映袷閬寶粟緣肘挂珠絲發袖已成態動足復含姿斜精若不眄當轉復遲疑何慙雲鶴起詎減鳳鸞時

詠紅箋

雜彩何足竒惟紅偏作可灼爍類蕖開輕明似霞破鏤質卷芳脂裁花承百和且傳别離心復是相思裏不值

情幸人豈識風流座

詠薔薇

當户種薔薇枝葉太葳蕤不揺香已亂無風花自飛春閨不能静開匣對明妃曲池浮呆呆斜岸列依依或聞好音度時見銜泥歸且對清觴湛其餘任是非

高爽詠鏡

初上鳳皇墀此鏡照蛾眉言照長相守不照長相思虚心會不采貞明空自欺無言故此物更復對心期

鮑子卿詠畫扇

細絲本自輕弱彩何足眄直為發紅顏謬成握中扇乍奉長門泣時承柏梁宴曉妝開已掩歌容隱而見但畫雙黃鵠莫作孤飛鸞

詠玉階

玉階已夸麗復得臨紫微北户接翠幄南路低金扉重疊通日影參差藏月輝輕苔染朱履微瀲拂羅衣獨笑崑山曲空見青鳧飛

何子朗學謝體

桂臺清露拂銅陛落花沾美人紅妝罷攀鉤卷細簾思君擊促織玉指何纖纖未應為此別無故坐相嫌

和虞記室騫古意

美人弄白日灼灼當春牖清鏡對蛾着新花映玉手鷰下拾池泥風來吹細柳君子何時歸與我酌尊酒

和繆郎視月

清夜未云疲細簾聊可發玲玲玉潭水映見蛾着月靡

靡露方垂煇煇光稍没佳人復千里餘影徒飄忽

范靖婦詠步揺花

珠華縈翡翠寶葉間金瓊剪荷不似製為花如自生低
枝拂繡領微步動瑶瑛但令雲髻插蛾眉本易成

戲蕭孃

明珠翠羽帳金薄緑綃帷因風時暫舉想象見芳姿清
晨插步揺向晚解羅衣託意風流子佳情詎肯私

詠五彩竹火籠

可憐潤霜質纖剖復毫分織作回風苣製為縈綺文含芳出珠被曜彩接緗裠徒嗟金麗飾豈念昔凌雲

詠鐙

綺筵日已暮羅帷月未歸開花散鶉彩含光出九微風軒動丹焰冰宇澹清暉不吝輕蛾繞惟恐曉蠅飛

何遜日夕望江贈魚司馬

湓城帶湓水湓水縈如帶日夕望高城耿耿青雲外城中多宴賞絲竹常繁會管聲已流悅弦聲復悽切歌黛

慘如愁舞胥疑欲絶仲秋黄葉下長風正騷屑早鴈出
雲歸故鷰辭檐別晝悲在異縣夜夢還洛汭洛汭何悠
悠起望登西樓的的飄向浦團團月映洲誰能一羽化
輕舉逐飛浮

擬輕薄篇

城東美少年重身輕萬億柘彈隨珠丸白馬黄金飾長
安九逵上青槐蔭道植轂擊晨已喧肩排暗不息走狗
通西望牽牛亘南直相期百戲傍去来三市側象牀沓

繡被玉盤傳綺食倡女掩扇歌小婦開簾織相看獨隱笑見人還斂色黃鶴悲故羣山枝詠初識烏飛過客盡雀聚行龍匿酌羽前猷猷此時歡未極

詠照鏡

珠簾旦初卷綺機朝未織玉匣開鑒形寶臺臨淨飾對影獨含笑看花空轉側聊為出繭眉試染夭桃色羽釵如可間金鈿長相逼蕩子行未歸嗁妝坐霑臆

閨怨

曉河沒高棟斜月半空庭窻中度落葉簾外隔飛螢含
情下翠帳掩涕閉金屏昔期今未反春草寒復青思君
無轉易何異北辰星

詠七夕

僊車駐七襄鳳駕出天潢月映九微火風吹百和香来
歡蹔巧笑還淚已嗁妝依稀猶洛汭倏忽似高唐別離
不得見河漢漸湯湯

詠舞妓

管清羅薦合弦驚雪袖遲逐唱回纖手聽曲動蛾眉凝情盼墮珥微睇託含辭日暮留嘉客相看愛此時

看新婦

霧夕蓮出水霞朝日照梁何如花燭夜輕扇掩紅妝良人復灼灼席上自生光所悲高駕動環珮出長廊

詠倡家

皎皎高樓暮華燭帳前明羅帷雀釵影寶瑟鳳雛聲夜花枝上發新月霧中生誰念當窗牖相望獨盈盈

詠白鷗嘲別者

可憐雙白鷗朝夕水上游何言異棲息雌住雄不留孤
飛出嶼浦獨宿下滄洲東西從此去影響絕無由

擬青青河畔草

春園日應好折花望遠道秋夜苦復長抱枕向空牀吹
樓下促節不言於此別歌筵掩團扇何時一相見弦絕
猶依軫葉落裁下枝即此雖云別方我未成離

嘲劉孝綽

房櫳滅夜火窻戶映朝光妖女褰帷出蹀躞初下牀雀釵横曉鬢蛾着豔宿妝稍聞玉釧遠猶憐翠被香寧知早朝客差池已鴈行

王樞古意應蕭信武教

朝取飢蠶食夜縫千里衣復聞南陌上日暮采蓮歸青苔覆寒井紅藥闇青微人生樂自極良時徒見違何由及新鷰雙雙還共飛

至烏林村見采桑者聊以贈之

遥見提筐下翩妍實端妙將去復回身欲語先為笑閨中初别離不許覔新知空結茱萸帶敢報木蘭枝

徐尚書座賦得可憐

紅蓮披早露玉貌映朝霞飛鷰唬粧罷顧步插餘花綽約金鈿滿參差繡領斜暮還垂瑤帳香鐙照九華

庚丹秋閨有望

耿耿横天漢飄飄出岫雲月斜樹倒影風至水回文已滯機中婦復悲牀上君羅襦曉長襞翠被夜徒薰空汲

銀牀井誰縫金縷褭所思竟不至空待清夜分

夜夢還家

歸飛夢所憶共子汲寒漿銅瓶素絲綆綺井白銀牀雀出手茸樹蟲飛璹琄渠離人不相見難忍對春光

玉臺新詠卷五

欽定四庫全書

玉臺新詠卷六

陳 徐陵 撰

吳均和蕭洗馬子顯古意六首

賤妾思不堪采桑渭城南帶減連枝繡髮亂鳳皇簪花舞衣裳薄蛾飛愛緣潭無由報君子流涕向春蠶其一

妾本倡家女出入魏王宮既得承琱輦亦在更衣中蓮花銜青雀寶粟鈿金蟲猶言不得意流涕憶遼東其二

春草攏可結妾心正斷絕緑鬢愁中改紅顏啼裏滅非獨淚成珠亦見珠成血願為飛鵲鏡翩翩照離別 其三

何處報君書隴右五歧路淚研兔枝墨筆染鵝毛素碧浮孟渚水香下洞庭路應歸遂不歸芳春空擲度 其四

妾家横塘北發豔小長干花釵玉腕轉珠繩金絡丸冪歷懸青鳳逶迤摇白團誰堪久見此含恨不相看 其五

匈奴數欲盡僕在玉門關蓮花穿劍鍔秋月掩刀環春機鳴窈窕夏鳥思緜蠻中人坐相望狂夫終未還 其六

與柳惲相贈答六首

黄鸝飛上苑綠芷出汀州日映昆明水春生鳷鵲樓飄颺白花舞爛漫紫萍流書織回文錦無因寄隴頭思君甚瓊樹不見方離憂

鳴鞭適大阿聮翩渡漳河燕姬及趙女挾瑟夜經過纖胥曳廣袖半額畫長蛾客本倦游者箕帚枉江沱故人不可棄新知空復何

離君苦無樂向暮心悽悽要途訪趙使闐君仕執珪杜

蘅色已發昌蒲葉未齊羃歴蠶餌繭差池鶯吐泥願逐
春風去飄蕩至遼西
白日隱城樓勁風埽寒木離析隔西東執手異涼燠相
思咽不言洞房清且肅歲去甚流烟年來如轉軸別鶴
千里飛孤雌夜未宿
閨房宿已靜落月有餘暉寒蟲隱壁思秋蛾繞燭飛絕
雲斷更合離禽去復歸佳人今何枉迢遞江之圻一為
別鶴弄千里淚霑衣

秋雲靜晚天寒夜思綿綿聞君吹急管相思雜采蓮別離
未幾日明月三成弦蹀疊黃河浪嘶喝隴頭蟬寄君蘼
蕪葉插著叢臺邊

擬古四首

嫋嫋陌上桑蔭陌復垂塘長條映白日細葉隱鸝黃蠶
飽妾復思拭淚且提筐故人寧知此離恨煎人腸　陌
上桑
咸陽春草芳秦帝卷衣裳玉檢茱萸匣金泥蘇合香初

芳熏複帳餘煇矅玉林當須宴朝罷持此贈華陽 秦

王卷衣

錦帶雜花鈿羅衣垂緑川問子今何去出采江南蓮遼

西三千里欲寄無因緣願君早旋反及此荷花鮮 采

蓮

豔治陽之春攜手清洛濱雞鳴上林苑薄暮小平津長

裾藻白日廣袖帶芳塵故交一如此新知詎憶人 攜

手

贈杜容成一首

一鸞海上来一鸞高臺息一朝所逢遇依然舊所識問我来何遲關山幾过直荅言海路長風多飛無力昔別縫羅衣春風初入帷今来夏欲晚桑蛾薄樹飛

春詠

春從何處来拂水復驚梅雲障青瑣闥風吹承露臺美人隔千里羅帷閉不開無由得共語空對相思栝

去妾贈前夫

棄妾在河橋相思復相遼鳳皇簪落鬢蓮花帶緩腰腸
從別處斷魂在淚中銷願君憶疇昔片言時見饒

詠少年

董生惟巧笑子都信美目百萬市一言千金買相逐不
道參差菜誰論窈窕淑願君捧繡被來就越人宿

王僧孺春怨

四時如湍水飛奔競回復夜鳥響嚶嚶朝光照煜煜厭
見花成子多看筍為竹萬里斷音書十載異棲宿積愁

落芳鬢長嗁壞美目君去在榆關妾留住函谷惟對昔

邪房如見蜘蛛屋獨與響相詶還將影自逐象牀易𤩽

簟羅衣變單複幾度過風霜猶能保煢獨

月夜詠陳南康新有所納

二八人如花三五月如鏡開簾一種色當户兩相映重

價出秦韓高名入燕鄭十城屢請易千金幾爭聘君意

自能專妾心本無競

見貴者初迎盛姬聊為之詠

久想專房麗未見傾城者千金訪繁華一朝遇容冶家本薊門外来戲叢臺下長卿幸未匹文君復新寡

與司馬治書同聞隣婦夜織

洞房風已激長郎月復清䴔䴔夜庭廣飄飄曉帳輕雜聞百蟲思偏傷一息聲烏聲長不息妾心復何極猶恐君無衣夜夜當窻織

夜愁

欄露滴為珠池冰合成璧萬行朝淚瀉千里夜愁極孤

帳閉不開寒膏盡復益誰知心眼亂看朱忽成碧

春閨有怨

愁來不理鬢春至更攢眉悲看蛺蝶粉泣望蜘蛛絲月映寒蛩褥風吹翡翠帷飛鱗難託意駛翼不銜辭

擣衣

足傷金管處多愴緹光促下機鶩西眺鳴砧遽東旭芳汗似蘭湯雕金辟龍燭散度廣陵音操寫漁陽曲別鶴悲不已離鸞斷更續尺素枉魚腸寸心憑雁足

為人述夢

亦知想成夢未信夢如此皎皎無片非的的一皆是已親芙蓉褥方開合歡被雅步極嫣妍含辭恣委靡如言非倏忽不意成俄尒及寤盡空無方知悉虛詭

為人傷近不見

嬴女鳳皇樓漢姬柏梁殿詎勝僊將死音容猶可見我有一心人同鄉不異縣異縣不成隔同異更脉脉脉脉如牛女無妨年一語

為何庫部舊姬擬蘼蕪之句
出户望蘭薰褰簾正逢君斂容纔一訪新知詎可聞新
人含笑近故人含淚隱妾意在寒松君心逐朝槿
和王晉安酒席數韻
窈窕宋容華但歌有清曲轉盼非無以斜扇還相矚詎
減許飛瓊多勝劉碧玉何因送款款伴飲梧中醁
為人有贈
碧玉與綠珠張盧復雙女曼聲古難匹長袂世無侶似

出鳳皇樓言發瀟湘渚幸有褰裳便含情寄一語

何生姬人有怨

寒樹棲羈雌月映風復吹逐臣與棄妾零落心可知寶琴徒七絃蘭鐙空百枝顰容不足效嗁妝拭復垂同衾成楚越異國非仳離

鼓瑟曲　有所思

夜風吹熠燿朝光照昔邪幾銷蘼蕪葉空落蒲萄花不堪長織素誰能獨浣紗光陰復何極望促反成賒知君

自蕩子棄妾亦倡家

為人寵姬有怨

可憐獨立樹枝輕根易搖已為露所浥復為風所飄錦衾襞不卧端坐夜及朝是妾愁成瘦非君重細腰

為人自傷

自知心裏恨還向影中羞回持昔慊慊變作今悠悠還君與妾珥歸妾奉君裘絃斷猶可續心去最難留

秋閨怨

斜光隱西壁暮雀上南枝風來秋扇屏月出夜鐙吹深心起百際遥淚非一垂徒勞妾辛苦終言君不知

張率相逢行

相逢夕陰街獨趨尚冠里高門既如一甲第復相似憑軾日欲昏何處訪公子公子之所在所在良易知青樓出上路漸臺臨曲池堂上撫流徽雷尊朝夕施橘柚芬華實朱火燎金枝兄弟兩三人裾珮紛陸離朝從禁中出車騎並驅馳金鞍瑪瑙勒聚觀路傍兒入門一顧望

鳧鵠有雄雌雄雌各數千相鳴戲羽儀並在東西立羣次何離離大婦刺方領中婦抱嬰兒小婦尚嬌稚端坐吹參差丈人無遽起神鳳且来儀

對酒

對酒誠可樂此酒復能醇如華良可貴如乳更非珍何以留工客為寄掌中人金尊清復滿玉盌亟来親誰能共遲暮對酒及芳晨君歌當未罷却坐避梁塵

遠期

遠期終不歸節物坐將變白露愴單棲秋風息團扇誰能久離别他鄉且異縣浮雲蔽重山相望何時見寄言遠行者空閨淚如霰

徐悱贈内

日暮想清陽躡履出椒房網蟲生錦薦遊塵掩玉牀不見可憐影空餘黼帳香彼美情多樂挾瑟坐高堂豈忘離憂者向隅心獨傷聊因一書札以代九回腸

對房前桃樹詠佳期贈内

相思上北閣徙倚望東家忽有當軒樹兼含映日花方
鮮類紅粉比素若鉛華更使增心憶彌令想狹斜無如
一路阻脉脉似雲霞嚴城不可越言折代疎麻

費昶華觀省中夜聞城外擣衣

閶闔下重闕丹墀吐明月秋氣城中冷秋砧城外發浮
聲繞雀臺飄響度龍闕婉轉何藏摧當從上路來藏摧
意未已定自乘軒裏乘軒盡世家佳麗似朝霞圓璫耳
上照方繡領間斜衣薰百和屑鬢摇九枝花昨暮庭槐

落今朝羅綺薄拂席卷鴛鴦開縷舒寵鶴金波正容與
玉步依砧杵紅袖往還縈素腕參差舉徒聞不得見獨
夜空愁佇獨夜何窮極懷之在心側階垂玉衡露庭舞
相風翼瀝滴流星輝棃爛長河色三冬誠足用五日無
糧食楊雲已寂寥今君復絃直

和蕭記室春旦有所思

芳樹發春輝蔡子望青衣水逐桃花去春隨楊柳歸楊
柳何時歸裊裊復依依已蔭章臺陌復掃長門扉獨知

離心者坐惜春光違洛陽遠如日何由見宓妃

春郊望美人

芳郊拾翠人回袖掩芳春金煇起步摇紅彩發吹綸湯湯蓋頂目飄飄馬足塵薄暮高樓下當知妾姓秦

詠照鏡

晨煇照杏梁飛鸞起朝妝留心散廣黛輕手約花黃正釵時念影拂絮且憐香方嫌翠色故乍道玉無光城中皆半額非妾畫眉長

和蕭洗馬畫屏風二首

日淨班姬門風輕董賢館卷耳緣階出反舌登牆喚蠶女桂枝鉤遊童蘇合彈拂袖當留客相逢莫相難 陽春發和氣

佳人在河內征夫鎮馬邑零露一朝團中夜兩垂泣氣爽牀帳冷天寒針縷澀紅顏本暫時君還詎相及 秋夜涼風起

采菱

妾家五湖口采菱五湖側玉面不關妝雙眉本翠色日斜天欲暮風生浪未息宛在水中央空作兩相憶

長門后怨

向夕千愁起自悔何嗟及愁思且歸牀羅襦方掩泣絳樹搖風軟黄鳥弄聲急金屋貯嬌時不言君不入

鼓吹曲二首

巫山光欲晚陽臺色依依彼美巖之曲寧知心是非朝雲觸石起暮雨潤羅衣願解千金珮請逐大王歸巫

山高

上林烏欲棲長安日行暮所思鬱不見空想丹墀步簾動憶君來雷聲似車度北方佳麗子窈窕能回顧夫君自迷惑非爲妾心妬

有所思

姚翻同郭侍郎采桑一首

雁還高柳北春歸洛水南日照茱萸領風揺翡翠參桑間視欲暮閨裏遽飢蠶相思君助取相望妾那堪

孔翁歸奉和湘東王教班婕妤一首

長門與長信日暮九重空雷聲聽隱隱車響絶瓏瓏恩
光隨妙舞團扇逐秋風鉛華誰不慕人意自難終

徐悱妻劉令嫺答外詩二首

花庭麗景斜蘭牖輕風度落日更新妝開簾對春樹鳴
鸝葉中響戲蝶枝邊鶩調瑟本要歡心愁不成趣良會
誠非遠佳期今不遇欲知幽怨多春閨深且暮
東家挺奇麗南國擅容煇夜月方神女朝霞喻洛妃還
看鏡中色比豔自知非比翼辭徒好連類頓乖違智夫雖

已麗傾城未敢希

何思澂奉和湘東王教班婕妤

寂寂長信晚省聲哦洞房蜘蛛網高閣駮蘚被長廊虛殿簾帷靜閒階花蘂香悠悠視日暮還復拂空牀

擬古

故交不可忘猶如蘭桂芳新知雖可悅不異茱萸香妾有鳳鶵曲非為陌上桑薦君君不御抱瑟自悲涼

南苑逢美人

洛浦疑回雪巫山似旦雲傾城今始見傾國昔曾聞媚服隨嬌合丹脣逐笑分風卷蒲萄帶日照石榴裠自有狂夫在空持勞使君

徐悱荅唐孃七夕所穿針

倡人助漢女靚妝臨月華連針學並蔕縈縷作開花孀閨絕綺羅攬贈自傷嗟雖言未相識聞道出良家曾停霍君騎經過柳惠車無由一共語蹔看自昇霞

玉臺新詠卷六

欽定四庫全書

玉臺新詠卷七

陳 徐陵 撰

梁武帝擣衣

駕言易水北送別河之陽沈思慘行鑣結夢在空牀既寤丹緣謬始知紈素傷中州木葉下邊城應早霜陰蟲日慘烈庭艸復云黄冷風但清夜明月懸洞房嫋嫋同宮女助我理衣裳參差夕杵引哀怨秋砧揚輕羅飛玉

腕弱翠低紅妝朱顏色已與眄睇目增光持以一匪石文成雙鴛鴦制握斷金刀薰用如蘭芳佳期久不歸持此寄寒鄉妾身誰爲容思君苦入腸

擬長安有狹斜十韻

洛陽有曲陌陌曲不通驛忽逢二少童扶轡問君宅君宅邯鄲右易憶復可知大息組絪縕中息珮陸離小息尚青騎緫丱遊南皮三息俱入門家臣拜門垂三息俱升堂音酒盈千卮三息俱入戶戶內有光儀大婦理金

翠中婦事么觴小婦獨閒暇調笙遊曲池丈人少徘徊
鳳吹方參差

擬明月照高樓

圓魄當虛闥清光流四筵筵前照孤影悽怨還自憐臺
鏡早生塵匣琴又無絃悲慕屢傷節離憂亟華年君如
東扶景妾似西柳烟相去既路迥明晦亦殊懸願爲銅
鐵轡以感長樂前

擬青青河畔草

幕幕繡戶絲悠悠懷昔期昔期久不歸鄉國曠音煇音煇空結遲半寢覺如至既寤了無形與君隔平生月以雲掩光葉似霜摧老當途競自容莫肯為妾道

代蘇屬國婦

良人與我期不謂當過時秋風忽送節白露凝前基愴愴獨涼枕搔搔孤月帷或聽西北雁似從寒海湄果銜萬里書中有生離詞惟言長別離不復道相思塞羊久瀏奪漢節故支持帛上看未終臉下淚如絲空懷之死

誓遠勞同穴詩

古意二首

飛鳥起離離驚散忽差池嗷嘈繞樹上翩翾集寒枝既

悲征役久偏傷隴上兒寄言閨中愛此心詎能知不見

松上蘿葉落根不移

當春有一草綠花復重枝云是忘憂物生在北堂垂飛

飛雙蛺蜨低低兩差池差池低復起北芳性不移飛蜨

雙復隻此心人莫知

芳樹

緑樹始搖芳芳生非一葉一葉度春風芳芳自相接色雜亂參差衆花紛重疊重疊不可思思此誰能愜

臨高臺

高臺半月雲望望高不極草樹無參差山河同一色髣髴洛陽道道遠難別識玉階故情人情來共相憶

有所思

誰言生離久適意與君別衣上芳猶在握裏書未滅腰

中雙綺帶夢為同心結常恐所思露瑤華未忍折

紫蘭始萌

種蘭玉臺下氣暖蘭始萌芬芳與時發婉轉迎節生獨使金翠嬌偏動紅綺情二遊何足懷一顧非傾城羞將苓芝侶豈畏鶗鴂鳴

織婦

送別出南軒離思沈幽室調梭輟寒夜鳴機罷秋日良人在萬里誰與共成匹願得一回光照此憂與疾君情

儻未忘妾心長自畢

七夕

白露月下圓秋風枝上鮮瑶臺涵碧霧瓊幕生紫烟妙
會非綺節佳期乃良年玉壺承夜急蘭膏依曉煎昔時
悲難越今傷何易旋怨咽雙念斷悽草兩情懸

戲作

宓妃生洛浦遊女出漢陽妖閑逾下蔡神妙絶高唐緜
駒且變俗王豹復移鄉況兹集靈異豈得無方將長袂

必留客清哇咸繞梁燕趙羞容止西妲慙芬芳徒聞珠
可弄定自乏明璫

皇太子聖製樂府三首　簡文

凌晨光景麗倡女鳳樓中前瞻削成小傍望卷旌空分
妝開淺靨繞臉傳斜紅張琴未調軫飲吹不全終自知
心所愛出入仕秦宮誰言連伊屈更是莫敖通輕軺綴
皂蓋飛轡轢雲驄金鞍隨繫尾銜瑣映纓騣戈鏤荆山
玉劍飾丹陽銅左把蘇合彈傍持大屈弓控弦因鵲血

挽强用牛蛸弋獵多登隴酣歌每入豐暉暉隱落日冉
冉還房櫳鐙生陽燧火塵散鯉魚風流蘇時下帳象簟
復韜筒霧暗窻前柳寒疎井上桐女蘿託松際甘瓜蔓
井東拳拳持君寵歲暮望無窮　豔歌篇十八韻
銅梁指斜谷劍道望中區通星上分野作固為下都雅
歌因良守妙舞自巴渝陽城嬉樂所劍騎鬱相趨三婦
行難至百兩好游娱牲祈望帝祀酒酬蜀侯壺江妃納
重聘卓女受將雛停絃時繫爪息吹更治朱春衫湔錦

浪回扇避陽烏聞君握節反賤妾下城隅　蜀國弦歌篇十韻

名都多麗質本自恃容姿蕩子行未至秋胡無定期玉皃歇紅臉長顰串翠眉簽鏡迷朝色縫針脆故絲本異搖舟咎何關竊席疑生離誰撫背溘死詎成遲王嬙皃本絶踉蹌入氊帷盧姬嫁日晚非復好年時傳山猶可逐烏白望難期妾心徒自苦傍人會見嗤　妾薄命篇十韻

代樂府三首

遥看雲霧中刻桷映丹紅珠簾通曉日金花拂夜風欲知聲管處来過安樂宫　新成安樂宫

季月雙桐井新枝雜舊株晚葉藏棲鳳朝花拂曙烏還看西子照銀牀牽鹿盧　雙桐生空井

閨閤漏永永漏長宵寂寂草螢飛夜户絲蟲繞秋壁薄笑未爲欣微歎還成戚金簪鬢下垂玉箸衣前滴　楚妃歎

和湘東王橫吹曲三首

洛陽佳麗所大道滿春光遊童初挾彈蠶妾始提筐金鞍照龍馬羅袂拂春桑玉車爭晚入潘果溢高箱　洛陽道

楊柳亂成絲攀折上春時葉密鳥飛礙風輕花落遲城高短簫發林空畫角悲曲中無別意併爲久相思　折楊柳

賤妾朝下機正值良人歸青絲懸玉蹬朱汗紫香衣驟

急珍珂響踊多塵亂飛雕胡幸可薦故心君莫違 紫騮馬

雄州十曲抄三首 即襄州

南湖荇葉浮復有佳期遊銀綸翡翠釣玉舳芙蓉舟荷香亂衣麝橈聲隨急流 南湖

岸陰垂柳葉平江含粉堞好值城傍人多逢蕩舟妾緣水濺長袖浮苔染輕櫬 北渚

宜城斷中道行旅亟流連出妻工織素妖姬慣數錢吹

簫留上客貰酒逐神僊 大隄

同庾肩吾四詠二首

采蓮前岸隈舟子屢徘徊荷披衣可識風疎香不來欲知船度處當看荷葉開 蓮舟買荷度

相隨照綠水意欲重涼風流搖妝影壞釵落鬢華空佳期在何許徒傷心不同 照流看落釵

和湘東王三韻二首

花樹含春叢羅幃夜長空風聲隨篠韻月色與池同彩

箋徒自襞無信往雲中　春宵

冬朝日照梁含怨下前牀帳褰竹葉帶鏡轉菱花光會是無人見何用早紅妝　冬曉

戲作謝惠連體十三韻

雜蘂映南庭庭中光景媚可憐枝上花早得春風意春風復有情拂幔且開楹開楹開碧烟拂幔拂垂蓮偏使紅花散飃颻落眼前眼前多無況參差鬱可望朱繩翡翠絪帷幕芙蓉帳香烟出窗裏落日斜階上日影去遲遲

節華咸在茲桃花紅若點柳葉亂如絲絲條轉暮光影
落暮陰長春鶯雙雙舞春心處處揚酒滿心聊足萱枝
愁不忘

倡婦怨情十二韻

綺窗臨畫閣飛閣繞長廊風散同心草月送可憐光髣
髴簾中出妖麗特非常恥學秦螺髻羞為樓上妝散
誕披紅帔生情新約黃斜鐙入錦帳微烟出玉牀六安
雙瑇瑁八幅兩鴛鴦猶是別時許留致解心傷含涕坐

度日俄頃變炎涼玉關驅夜雪金氣落嚴霜飛狐驛使斷交河川路長蕩子無消息朱脣徒自香

和徐録事見内人作卧具

密房寒日晚落照度窻邊紅簾遥不隔輕帷半卷懸方知纎手製詎減縫裳妍龍刀横刻上畫尺墮衣前熨斗金塗色簪管白牙纒衣裁合歡襊文作鴛鴦連縫用雙針縷絮是八蠶綿香和麗丘蜜麝吐中臺烟已入琉璃帳兼雜泰華氊具共彫鑪暖非同團扇捐更恐從軍别

空牀徒自憐

戲贈麗人

麗妲與妖嬙共拂可憐牀同安鬟裏撥異作額間黃羅
裠宜細簡畫屧重高牆含羞未上砌微笑出長廊取花
爭間鑷攀枝念蘂香但歌聊一曲鳴弦未息張自矜心
所愛三十侍中郎

秋閨夜思

非關長信別詎是良人征九重忽不見萬恨滿心生夕

門掩魚鑰宵牀悲畫屏迴月臨窗度吟蟲繞砌鳴初霜霣細葉秋風驅亂螢故牀猶累日新衣襞未成欲知妾不寤城外擣衣聲

和湘東王名士悅傾城

美人稱絕世麗色譬花叢雖居李城北住在宋家東教歌公主第學舞漢成宮多遊淇水上好在鳳樓中履高疑上砌裾開特畏風衫輕見跳脫珠蓋雜青蟲垂絲繞帷幔落日度房櫳妝窗隔柳色井水照桃紅非憐江浦

珮蓋使春閨空

從頓蹔還城

漢渚水初緑江南草復黄日照蒲心暖風吹梅蘂香征
艫艤湯塹歸騎息金隍舞觀衣常襞歌臺絃未張持此
横行去誰念守空牀

詠人棄妾

昔時嬌玉步含羞花燭邊豈言心愛斷銜嗁私自憐常
見歡成怨非關醜易妍獨鵠罷中路孤鸞死鏡前

執筆戲書

舞女及燕姬倡樓復蕩婦參差大戾發搖曳小垂手釣竿蜀國絃新城折楊柳玉桊西王桃蠡栝石榴酒甲乙羅帳異辛壬房戶暉夜夜有明月時時憐更衣

豔歌曲

雲楣桂成戶飛棟杏為梁斜窗通藹氣細隙引塵光裁衣魏后尺汲水淮南牀青驪暮當反預使羅裾香

怨

秋風與白團本自不相安新人及故愛意氣豈能寬黃金肘後鈴白玉案前盤誰堪空對此還成無歲寒

擬沈隱侯夜夜曲

藹藹夜中霜何關向曉光枕嗁常帶粉身眠不著牀蘭膏盡更益薰鑪滅復香但問愁多少便知夜短長

七夕

秋期此時浹長夜徙河靈紫烟凌鳳羽奔光隨玉軿洛陽疑劍氣成都怪客星天梭織来久方逢今夜停

同劉諮議詠春雪

晚霰飛銀礫浮雲暗未開入池消不積因風墮復來思婦流黄素温姬玉鏡臺看花言可插定自非春梅

晚景出行

細樹含殘影春閨散晚香輕花鬢邊墮微汗粉中光飛鳧初罷曲啼烏忽度行羞令白日暮車馬鬱相望

賦樂府得大垂手

垂手忽苕苕飛鷰掌中嬌羅衣恣風引輕帶任情摇詎

似長沙地促舞不回腰

賦樂器名得箜篌

捩遲初挑吹弄急時催舞釧響逐絃鳴私回半障桂欲
知心不平君看黛眉聚

詠舞

可憐初二八逐節驚飛鴻懸勝河陽妓闇與淮南同入行
看履進轉面望鬟空腕動苕華玉袖隨如意風上客向
須起嗁鳥曲未終

春閨情

楊柳葉纖纖佳人嬾纖纖正衣還向鏡迎春試舉簾摘梅多繞樹覓鷰好窺檐只言逐花草計校應非嫌

又三韻

珠簾向暮下妖姿不可追花風暗裏覺蘭燭帳中飛何時玉窻裏夜夜更縫衣

率爾為詠

借問僊將畫詎有此佳人傾城且傾國如雨復如神漢

后憐名鷰周王重姓申挾瑟曾遊趙吹簫屢入秦玉階
偏望樹長廊每逐春約黃出意巧纏絃用法新迎風時
引袖避日暫披巾疎花映鬟插細珮繞衫身誰知日欲
暮含羞不自陳

美人晨妝

北窻向朝鏡錦帳復斜縈嬌羞不肯出猶言妝未成散
黛隨眉廣燕脂逐臉生試將持出衆定得可憐名

賦得詠當鑪

十五正團團流光滿上蘭當鑪設夜酒宿客解金鞍迎來挟瑟易送别但歌難詎知心恨急翻令衣帶寛

林下妓

炎光向夕斂促宴臨前池泉深影相得花與面相宜麗聲如鳥哢舞袂寫風枝歡樂不知醉千秋長若斯

擬落日窻中坐

杏梁斜日照餘暉映美人開函脱寶釧向鏡理紈巾游魚動池葉舞鶴散階塵空嗟千歲久願得及陽春

美人觀畫

殿上圖神女宮裏出佳人可憐俱是畫誰能辨僞真分明淨眉眼一種細腰身所可持為異長有好精神

孌童

孌童嬌麗質賤董復超瑕羽帳晨香滿珠簾夕漏賒翠被含鴛色雕牀鏤象牙妙年同小史姝貌比朝霞袖裁連璧錦箋織細橦花攬袴輕紅出回頭雙鬢斜嬾眼時含笑玉手乍攀花懷猜非後釣密愛似前車足使燕姬

妬彌令鄭女嗟

邵陵王綸代秋胡婦閨怨

蕩子從遊宦思妾守房櫳塵鏡朝朝掩寒林夜夜空若非新有悅何事久西東知人相憶否淚盡夢啼中

車中見美人

關情出眉眼軟媚著腰支語笑能嬌媚行步絕逶迤空中自迷惑渠傍會不知懸念猶如此得時應若為

代舊姬有怨

寧為萬里別乍此死生離那堪眼前見故愛竟新移未逐春光落遽被秋風吹怨黛舒還斂嗁妝拭更垂誰能巧為賦黃金妾自貴

湘東王繹登顏園故閣

高樓三五夜流影入丹墀先時留上客夫壻美容姿妝成理蟬鬢笑罷斂蛾眉衣香知步近釧動覺行遲如何舞館樂翻見歌梁悲猶懸北窻擴未卷南軒帷寂寂空郊暮非復少年時

戲作豔詩

入堂值小婦出門逢故夫含辭未及吐絞袖且踟蹰摇
兹扇似月掩此淚如珠今懷固無已故情今有餘

夜遊栢齋

燭暗行入靜簾開雲影入風細雨聲遲夜短更籌急能
下班姬淚復使倡樓泣況此客遊人中宵空佇立

和劉上黄

新鶯隱葉囀新鷰向窻飛柳絮時依酒梅花乍入衣玉

珂逐風度金鞍映日暉無令春色晚獨望行人歸

詠晚棲烏

日暮連翩翼俱向上林棲風多前歸穩雲暗後羣迷路遠聲難徹飛斜行未齊應從故鄉返幾過入蘭閨借問倡樓妾何如蕩子妻

寒宵三韻

烏鵲夜南飛良人行未歸池水浮明月寒風送擣衣願織回文錦因君寄武威

詠秋夜

秋夜九重空蕩子怨房櫳鐙光入綺帷簾影進屏風金徽調玉軫茲夜撫離鴻

武陵王紀同蕭長史看妓

燕姬奏妙舞鄭女發清歌回羞出慢臉送態入嚬蛾寧殊值行雨詎減見凌波想君愁日暮應羨魯陽戈

和湘東王夜夢應令

昨夜夢君歸賤妾下鳴機懸知君意薄不著去時衣故

言如夢裏賴得雁書飛

曉思

晨禽争學囀朝花亂欲開鑪烟入斗帳屏風隱鏡臺紅

妝隨淚盡蕩子何時回

閨妾寄征人

歛色金星聚縈悲玉筯流願君看海氣憶妾上高樓

目作三首

此首疑衍

玉臺新詠卷七

欽定四庫全書

玉臺新詠卷八

陳 徐陵 撰

蕭子顯樂府二首

大明上苕苕陽城射凌霄光照窻中婦絶世同阿嬌明鏡盤龍刻簪羽鳳皇雕逶迤翠家髻冉弱楚宮腰輕紈雜重錦薄縠間飛綃三六前年暮四五今年朝蠶園拾芳繭桑陌采柔條出入東城里上下洛西橋忽逢車馬

客飛蓋動襜軺單衣鼠毛織寶劍羊頭銷丈夫疲應對御者輟銜鑣柱間徒脉脉垣上幾翹翹女本西家宿君自上宮要漢馬三萬匹夫壻仕嫖姚鞶囊虎頭綬左珥鳧盧貂横吹龍鍾管奏鼓象牙簫十五張内侍十八貫登朝皆笑顏郎賢盡訝董公迨

日出東南隅行

邯鄲躞蹀舞巴姬請罷絃佳人淇洧上豔趙復傾燕繁穠既為李照水亦成蓮朝沽成都酒暝數河間錢餘光幸未借蘭膏空自煎

代樂府美女篇

王筠和吴主簿六首

日照鴛鴦殿萍生雁鶩池遊塵隨影入弱柳帶風垂青骹逐黄口獨鶴慘羈雌同衾遠遊説結愛久生離於今方溘死寧須萱草枝

卷葹心未發蘼蕪葉欲齊春蠶方曳緒新鷰正銜泥野雉呼雌雊庭禽挟子棲從君客梁後方晝掩春閨山川隔道里芳草徒萋萋

春月二首

九重依夜管四壁慘無暉招摇顧西落烏鵲向東飛流

螢澌收火絡緯欲催機尓時思錦字持製行人衣所望
丹心達嘉客儻能歸
露華初泥泥桂枝行棟棟殺氣下重軒輕陰滿四屋别
寵增修夜遠征悲獨宿愁縈翠羽眉淚滿横波目長門
絶往来含情空杼軸　秋夜二首
落日照紅妝挟瑟當窻牖寧復歌蘼蕪惟聞歎楊柳結
好在同心離别由衆口徒設露葵羹誰酌蘭英酒會日
杳無期蕣華安得久

相思不安席聊至狹邪東愁眉傚戚里高髻學城中雙眉偏照日獨蕋好縈風自陳心所想獻賦甘泉宫傳聞方鼎食詎憶春閨中

遊望二首

劉孝綽遥見隣舟主人投一物衆姬争之有客請余為詠

河流既浼浼河鳥復關關落花浮浦出飛雉度洲還此日倡家女競嬌桃李顏良人惜美珥欲以代芳菅新縑疑故素盛趙蔑哀班曳綃事掩縠摇珮奪鳴環客心空

振蕩高枝不可攀

淇上人戲蕩子婦示行事一首

桑中始奕奕淇上未湯湯美人要雜珮上客誘明璫日闇人聲靜微步出蘭房露葵不待勸鳴琴無暇張翠釵挂已落羅衣拂更香如何嫁蕩子春夜守空牀不見青絲騎徒勞紅粉妝

賦詠得照棊燭刻五分成

南皮絃吹罷終奕且留賓日下房櫳闇華燭命佳人側

光全照局回花半隱身不辭纖手卷蓋令夜向晨

夜聽妓賦得烏夜啼

鵾絃且輟弄鶴操暫停徽別有啼烏曲東西相背飛倡人怨獨守蕩子遊未歸若逢生離曲長夜泣羅衣

賦得遺所思

遺簪雕瑇瑁贈綺織鴛鴦未若華滋樹交枝蕩子房別前秋已落別後春更芳所思不可寄惟憐盈袖香

劉遵繁華應令

可憐周小童微笑摘蘭叢鮮膚勝粉白慢臉若桃紅挾彈雕陵下垂鉤蓮葉東腕動飄香麝衣輕任好風幸承拂枕選得奉畫堂中金屏障翠被藍帊覆薰籠本欲傷輕薄含辭羞自通剪袖恩雖重殘桃愛未終蛾眉詎須嫉新妝遞入宮

從頓還城應令

漢水深難渡深潭見底清錦笮繫鳧舸珠竿懸翠旍鳴笳芳樹曲流唱采蓮聲神遊不停駕日暮反連營寧顧

空房裏階上緑苔生

王訓奉和率尔有詠

殿内多僊女從来難比方别有當窗豔復是可憐妝學舞勝飛鸞染粉薄南陽散黄分眉黛薫衣雜棗香簡釵新輾翠試履逆填牆一朝恃容色非復守空房君恩若可恃願作雙鴛鴦

庾肩吾詠得有所思

佳期竟不歸春物坐芳菲拂匣看離扇開箱見别衣井

桐生未合宮槐卷復稀不及銜泥鷰從来相逐飛

詠美人自看畫應令

欲知畫能巧喚取真来映並出似分身相看如照鏡安釵等疎密著領俱周正不解平城圍誰與丹青競

賦得横吹曲長安道

桂宮連複道黄山開廣路遠聽平陵鐘遥識新豐樹合殿生光彩離宮起烟霧日落歌吹還塵飛車馬度南苑還看人

春花競玉顔俱折復俱攀細腰宜窄衣長釵巧挾鬟洛
橋初度燭青門欲上闕中人應有望上客莫前還

送別於建興苑相逢

相逢小苑北停車問苑中梅新雜柳故粉白映輪紅去
影背斜日香衣臨上風雪流階漸黑冰開池半通去馬
船難駐嗁烏曲未終眷然從此別車西馬復東

和湘東王二首

征人別未久年芳復臨牖燭下夜縫衣春寒偏著手顧

及歸飛雁因書寄高柳

應令春宵

隣雞聲已傳愁人竟不眠月光侵曙後霜明落曉前縈鬟起照鏡誰忍插花鈿

應令冬曉

劉孝威侍宴賦得龍沙宵月明

鵲飛空繞樹月輪殊未圓常娥望不出桂枝猶隱殘落照移樓影浮光動塹瀾櫪馬悲角吹城烏嗁塞寒傳聞機杼妾愁余衣服單當秋終已脆銜嗁織復難斂眉雖不樂舞劍强為歡請謝函關吏行當泥一丸

奉和湘東王應令冬曉

妾家邊洛城慣識曉鐘聲鐘聲猶未盡漢使報應行天寒硯水凍心悲書不成

鄀縣遇見人織率尒寄婦

妖姬含怨情織素起秋聲度梭環玉動踏躡珮珠鳴經稀疑杼澀緯斷恨絲輕蒲桃始欲罷鴛鴦猶未成雲棟共徘徊紗窻相向開窻疎眉語度紗輕眼笑來朧朧隔淺紗的的見妝華鏤玉同心藕列寶連枝花紅衫向後

結金簪臨鬟斜機頂挂流蘇機傍垂結珠青絲引伏兔黄金繞鹿盧豔彩裾邊出芳脂口上渝百城交問道五馬共踟蹰直為閨中人守故不要新夢啼漬花枕覺淚濕羅巾獨眠真自難重衾猶覺寒逾憶凝脂暖彌想横陳歡行驅金絡騎歸就城南端城南稍有期想子亦勞思羅襦久應罷花釵堪更治新妝莫點黛余還自畫眉

徐君蒨共内人夜坐守歲

歡多情未極賞至莫停桮酒中挑栢葉粽裏覔楊梅簾

開風入帳燭盡炭成灰勿疑鬢釵重為待曉光来

初春攜内人行戲

梳飾多今世衣著一時新草短猶通屧梅香漸著人樹斜牽錦帔風横入紅綸滿酌蘭英酒對此得娱神

鮑泉南苑看遊者

洛陽小苑地車馬盛經過緣溝駐行幰傍柳轉鳴珂履高含響珮襪輕半隱羅浮雲無處所何用轉横波

落日看還

妖姬競早春上苑逐名辰皆輕變水色雲濃掩日輪雕甍斜落影畫扇拂遊塵衣香遥已度衫紅遠更新誰家蕩舟妾何處織縑人

劉緩敬詶劉長史詠名士悦傾城

不信巫山女不信洛川神何關別有物還是傾城人經共陳王戲曾與宋家鄰未嫁先名玉來時本姓秦粉光猶似面朱色不勝脣遥見疑花發聞香知異春釵長逐鬟髮襪小稱腰身夜夜言嬌盡日日態還新工傾荀奉

倩能迷石季倫上客徒留目不見正横陳

雜詠和湘東王三首

别後春池異荷盡欲生冰箱中剪刀冷臺上面脂凝纖腰轉無力寒衣恐不勝 寒閨

樓上起秋風絶望秋閨中燭溜花行滿香燃籢欲空徒交雨行淚俱浮妝上紅 秋夜

不堪寒夜久夜夜守空牀衣裾逐坐襵釵影近鐙長無憐四幅錦何須辟惡香 冬宵

陰鏗和鄧梁州雜怨

別離雖未久遂如長別離叢桂頻銷葉庭樹幾攀枝君言妾貌改妾畏君心移終須一相見併得兩相知

奉和夜聽妓聲

燭華似明月鬟影勝飛橋妓兒齊鄭舞爭妍學楚腰新歌自作曲舊瑟不須調衆中俱不笑座上莫相撩

甄固奉和世子春情

昨晚褰簾望初逢雙鷰歸今朝見桃李不會數花飛以

愁春欲度無復寄芳菲

庾信奉和詠舞

洞房花燭明燕餘雙舞輕頓履隨踈節低鬟逐工聲半轉行初進飄衫曲未成回鸞鏡欲滿鵠顧市應傾已曾天上學詎似世中生

七夕

牽牛遙映水織女正登車星橋通漢使機石逐僊槎隔河相望近經秋離別賒愁將今夕恨復著明年花

仰和何僕射還宅懷故

紫閣旦朝罷中臺文奏稀無復千金笑徒勞五日歸步檐朝未掃蘭房晝掩扉苔生理曲處網積回文機故瑟餘絃斷歌梁秋鷰飛朝雲雖可望夜帳定難依願憑甘露入方假慧鐙輝寧知洛城晚還淚獨霑衣

劉邈萬山見采桑人

倡妾不勝愁結束下青樓逐伴西蠶路相攜東陌頭葉盡時移樹枝高乍易鉤絲繩挂且脫金籠寫復收蠶飢

日已暮詎為使君留

見人織聊為之詠

纖纖運玉指脉脉正蛾眉振躡開交縷停梭續斷絲檐花照初月洞户未垂帷弄機行掩淚翻令織素遲

秋閨

螢飛綺窻外妾思霍將軍鐙前量獸錦檐下織花紋墜露如輕雨長河似薄雲秋還百種事衣成未暇薰

鼓吹曲　折楊柳

高樓十載别楊柳擢絲枝摘葉驚開駛攀條恨久離年
年阻音信月月減容儀春来誰不望相思君自知

紀少瑜建興苑

丹陵抱天邑紫淵更上林銀臺懸百仞玉樹起千尋水
流冠蓋影風揚歌吹音踟蹰憐拾翠顧步惜遺簪日落
庭花轉方幰屢移陰終言樂未極不道愛黄金

擬吴均體應教

庭樹發春暉遊人競下機却匣擎歌扇開箱擇舞衣桑

萋不復惜看光遽將夕自有專城居空持迷上客

春日

愁人試出牖春色定無窮參差依網日澹蕩入簾風落花還繞樹輕飛去隱空徒令玉筯迹雙垂明鏡中

聞人蒨春日

高臺動春色清池照日華綠葵向光轉翠柳逐風斜林有驚心鳥園多奪目花相與咸知節歎子獨離家行人今不返何勞空折麻

徐孝穆走筆戲書應令

此日作殷勤相嬿不如春令宵花燭淚非是夜迎入舞席秋來卷歌筵無數塵曾經新代故那惡故迎新𥧄月窺花簟輕寒入帔巾秋來應瘦盡偏自著腰身

奉和詠舞

十五屬平陽因來入建章主家能教舞城中巧畫妝低鬟向綺席舉袖拂花黃燭送窻邊影衫傳箧裏香當關好留客故作舞衣長

和王舍人送客未還閨中有望

倡人歌吹罷對鏡覽紅顏拭粉留花稱除釵作小鬟綺鐙停不滅高扉掩未關良人在何處惟見月光還

為羊兗州家人荅餉鏡

信来贈寶鏡亭亭似圓月鏡久自逾明人久情逾歇取鏡挂空臺於今莫復開不見孤鸞鳥亡魂何處来

吴孜春閨怨

玉關信使斷借問不相諳春光太無意窺窻来見參久

與光音絶忽值日東南柳枝皆嬲鶯桑葉復催蠶物色頓如此孀居自不堪

湯僧濟詠渫井得金釵

昔日倡家女摘花露井邊摘花還自插照井還自憐窺窺終不罷笑笑自成妍寶釵於此落從來不憶年翠羽成泥去金色尚如先此人今不在此物今空傳

徐悱妻劉氏和婕妤怨

日落應門閉愁思百端生況復昭陽近風傳歌吹聲寵

移終不恨讒枉太無情只言爭分理非妬舞腰輕

王叔英妻劉氏和昭君怨

一生竟何定萬事良難保丹青失舊圖玉匣成秋草相
接辭關淚至今猶未燥漢使汝南還殷勤為人道

玉臺新詠卷八

欽定四庫全書

玉臺新詠卷九

陳　徐陵　撰

梁武帝歌辭二首

東飛伯勞西飛鷰黄姑織女時相見誰家女兒對門居開顔發艶照里閭南窻北牖挂明光羅帷綺帳脂粉香女兒年幾十五六窈窕無雙顔如玉三春已暮花從風空留可憐誰與同

河中之水向東流洛陽女兒名莫愁莫愁十三能織綺十四采桑南陌頭十五嫁爲盧家婦十六生兒字阿侯盧家蘭室桂爲梁中有鬱金蘇合香頭上金釵十二行足下絲履五文章珊瑚挂鏡爛生光平頭奴子提履箱人生富貴何所望恨不早嫁東家王

越人歌一首 并序

楚鄂君子修者乘青翰之舟張翠羽之蓋越人擁楫而越歌以感鄂君歡然舉繡被而覆之其辭曰

今夕何夕搴舟中流今日何日與王子同舟山有木兮
木有枝心悅君兮君不知

司馬相如琴歌二首 并序

司馬相如遊臨邛富人卓王孫有女文君新寡竊於壁
間窺之相如鼓琴歌挑之曰

鳳兮鳳兮歸故鄉遨遊四海求其皇時未遇兮無所將何期今夕
升斯堂有艷淑女在閨房室邇人遐毒我腸何緣交頸為鴛鴦

皇兮皇兮從我棲得託孳尾永為妃交情通體心和諧

中夜相從知者誰雙與俱起翻高飛無感我心使予悲

烏孫公主歌詩一首并序

漢武元封中以江都王女細君為公主嫁與烏孫昆彌至國而自治室宫歲時一再會言語不通公主悲愁自作歌曰

吾家嫁我兮天各一方遠託異國兮烏孫王穹廬為室兮氊為牆肉為食兮酪為漿常思漢土兮心内傷願為黄鵠兮還故鄉

漢成帝時童謡歌二首 并序

漢成帝趙皇后名飛鷰寵幸冠於後宮常從帝出入時富平侯張放亦稱侫幸為期門之遊故歌云張公子時相見也飛鷰嬌妬成帝無子故云啄皇孫華而不實王莽自云代漢者德土色尚黄故云黄雀飛鷰竟以廢死故為人所憐者也

鷰鷰尾涎涎張公子時相見木門蒼琅根鷰飛來啄皇孫

桂樹華不實黄雀巢其顛昔為人所羨今為人所憐

漢桓帝時童謡歌二首

小麥青青大麥枯誰當穫者婦與姑丈夫何在西擊胡

吏買馬君具車請為諸君鼓嚨胡

城上烏尾畢逋公為吏子為徒一徒死百乗車車班班

入河間河間姹女工數錢以錢為室金為堂石上慊慊

舂黄粱粱下有懸鼓我欲擊之丞相怒

張衡四愁詩四首

一思曰我所思兮在太山欲往從之梁甫艱側身東望

涕霑翰美人贈我金錯刀何以報之英瓊瑤路遠莫致
倚逍遥何為懷憂心煩勞
二思曰我所思兮在桂林欲往從之湘水深側身南望
涕霑襟美人贈我金琅玕何以報之雙玉盤路遠莫致
倚惆悵何為懷憂心煩傷
三思曰我所思兮在漢陽欲往從之隴阪長側身西望
涕霑裳美人贈我貂襜褕何以報之明月珠路遠莫致
倚踟躕何為懷憂心煩紆

四思曰我所思兮在雁門欲往從之雪紛紛側身北望涕霑巾美人贈我錦繡段何以報之青玉案路遠莫致倚增歎何為懷憂心煩惋

秦嘉贈婦詩一首 四言

曖曖白日引曜西傾啾啾雞雀羣飛赴楹皎皎明月煌煌列星嚴霜悽愴飛雪覆庭寂寂獨居寥寥空室飄飄帷帳熒熒華燭爾不是居帷帳焉施爾不是照華燭何為

魏文帝樂府燕歌行二首

秋風蕭瑟天氣凉草木搖落露爲霜羣鷰辭歸雁南翔
念君客遊思斷腸慊慊思歸戀故鄉君何淹留寄他方
賤妾煢煢守空房憂來思君不可忘不覺淚下霑衣裳
援琴鳴絃發清商短歌微吟不能長明月皎皎照我牀
星漢西流夜未央牽牛織女遥相望爾獨何辜限河梁
別日何易會日難山川悠遠路漫漫鬱陶思君未敢言
寄聲浮雲往不還涕零雨面毁容顔誰能懷憂獨不歎

展詩清歌聊自寬樂往哀来摧肺肝耿耿伏枕不能眠

披衣出户步東南仰看星月觀雲間飛鶴晨鳴聲可憐

留連顧懷不能存

曹植樂府妾薄命行一首 六言

日月既是西藏更會蘭室洞房華鐙步障舒光皎若日

出扶桑促樽合坐行觴主人起舞盜盤能者冗觸別端

騰觚飛爵闌干同量等色齊顔任意交屬所歡朱顏發

外形蘭袖隨禮容極情妙舞仙仙體輕裳解履遺絶纓俛

仰笑喧無呈覽持佳人玉顔齊接金爵翠盤手形羅袖良難腕弱不勝珠環坐者歎息舒顔御巾裛粉君傍中有霍納都梁雞舌五味雜香進者何人齊姜恩重愛深難忘召延親好宴私但歌栝来何遲客賦既醉言歸主人稱露未晞

傅玄擬北樂府三首

歷九秋兮三春兮遣貴客兮遠賓顧多君心所親乃命妙妓才人炳若日月星辰其一

序金罍兮玉觴賓主遞起

雁行栝若飛電絕光交觴接巵結裳慷慨歡笑萬方_{其二}奏新詩兮夫君爛然虎變龍文渾如天地未分齊謳楚舞紛紛歌聲上激青雲_{其三}窮八音兮異倫奇聲靡靡每新微笑素齒丹脣逸響飛薄梁塵精爽眇眇入神_{其四}坐咸醉兮沾歡引樽促席臨軒進爵獻壽翻翻千秋要君一言顧愛不移若山_{其五}君恩愛兮不竭譬若朝日夕月此景萬里不絕長保初醮結髮何憂坐生胡越_{其六}攜弱手兮金鐶上遊飛閣雲間穆若鴛鳳雙鸞還幸蘭房自

安娛心極樂難原其七樂既極兮多懷感時忽逝若積寒暑革御景回春榮隨風飄摧感物動心增哀其八妾受命兮孤虛男兒墮地稱姝女弱難存若無骨肉至親更疏奉事他人託軀其九君如影兮隨形賤妾如水浮萍明月不能常盈誰能無根保榮良時冉冉代征其十顧繡領兮含暉皎日回光側微朱華忽尔漸衰影欲捨形高飛誰言往恩可追其十一蕣與麥兮夏零蘭桂踐霜逾馨祿命懸天難明妾心結意丹青何憂君心中傾其十二歷九

秋篇　董挑行

車遥遥兮馬洋洋追思君兮不可忘君安遊兮西入秦願為影兮隨君身君在陰兮影不見君依光兮妾所願

車遥遥篇

燕人美兮趙女佳其室則邇兮限層崖雲為車兮風為馬玉在山兮蘭在野雲無期兮風有止思心多端兮誰能理

燕人美篇

擬四愁詩四首并序

昔張平子作四愁詩體小而俗七言類也聊擬而作之名曰擬四愁詩其辭曰

我所思兮在瀛州願爲雙鵠戲中流牽牛織女期在秋山高水湥路無由愍余不遘嬰殷憂佳人貽我明月珠何以要之比目魚海廣無舟悵勞劬寄言飛龍天馬駒風起雲披飛龍逝驚波滔天馬不厲何爲多念心憂世其一

我所思兮在珠崖願爲比翼浮清池剛柔合德配二儀

形影一絶長别離慇余不遘情如槜佳人貽我蘭蕙草何以要之同心鳥火熱水淟㙷盈抱申以琬琰夜光寶卞和既没玉不察存若流光忽電滅何為多念獨藴結

其二

我所思兮在崑山願為鹿䴥闚虞淵日月回曜照景天參辰曠隔會無緣慇余不遘罹百艱佳人貽我蘇合香何以要之翠鴛鴦懸度弱水川無梁申以錦衣文繡裳三光騁邁景不留鮮矣民生忽如浮何為多念秪自愁

其三

我所思兮在朔方願為飛雁俱南翔煥乎人道著三光
胡越殊心生異鄉憖余不遘羅百殃佳人貽我羽葆纓
何以要之影與形增冰憂結繁華零申以日月指明星
星辰有翳日月移駑馬哀鳴慙不馳何為多念徒自虧

其四

盤中詩一首

山樹高鳥鳴悲泉水深鯉魚肥空倉雀常苦飢吏人婦

會夫希出門望見白衣謂當是而更非還入門中心悲北上堂西入階急機絞杼聲催長歎息當語誰君有行妾念之出有日還無期結中帶長相思君忘妾天知之妾忘君罪當治妾有行宜知之黃者金白者玉高者山下者谷姓為蘇字伯玉作人才多智謀足家居長安身在蜀何惜馬蹏歸不數羊肉千斤酒百斛令君馬肥麥與粟今時人智不足與其書不能讀當從中央周四角

張載擬四愁詩四首

我所思兮在南巢欲往從之巫山高登崖遠望涕泗交
我之懷矣心傷勞佳人遺我筩中布何以贈之流黃素
願因飄風超遠路終然莫致增想慕其一
我所思兮在朔湄欲往從之白雪霏登崖永眺涕泗頹
我之懷矣心傷悲佳人遺我雲中翮何以贈之連城璧
願因歸鴻起遐隔終然莫致增永積其二
我所思兮在隴原欲往從之隅泰山登崖遠望涕泗連
我之懷矣心傷煩佳人遺我雙角端何以贈之雕玉環

顧因行雲超重巒終然莫致增永歎其三

我所思兮在營州欲往從之路阻修登崖遠望涕泗流我之懷矣心傷憂佳人遺我緑綺琴何以贈之雙南金顧因流波超重深終然莫致增永吟其四

晉惠帝時童謡歌一首

鄴中女子莫千妖前至三月抱胡腰

陸機樂府燕歌行一首

四時代序逝不追寒風習習落葉飛蟋蟀在堂露盈階

念君遠遊常苦悲君何緬然久不歸賤妾悠悠心無違
白日既没明鐙煇寒禽赴林匹鳥棲雙鳩關關宿河湄
憂来感物涕不睎非君之念思為誰别日何早會何遲

鮑昭代淮南王二首

淮南王好長生服食鍊氣讀僊經琉璃藥盌牙作盤金
鼎玉匕合神丹合神丹戲紫房紫房彩女弄明璫鸞歌
鳳舞斷君腸

朱城九門門九開願逐明月入君懷入君懷結君珮怨

君恨君恃君愛築城思堅劍思利同盛同衰莫相棄

代白紵歌辭二首

朱脣動素腕舉洛陽少童邯鄲女古稱綠水今白紵催絃急管為君舞窮秋九月荷葉黃北風驅雁天雨霜夜長酒多樂未央

春風澹蕩使思多天色淨綠氣妍和桃含紅萼蘭紫牙朝日灼爍發園花卷横結帷羅玉筵齊謳秦吹盧女絃千金顧笑買芳年

行路難四首

中庭五株桃一株先作花陽春妖冶二三月從風簸蕩落西家西家思婦見之惋零淚霑衣撫心歎初送我君出户時何言淹留節回換牀席生塵明鏡垢纖腰瘦削髮蓬亂人生不得常稱意惆悵徒倚至夜半

剉蘗染黄絲黄絲歷亂不可治昔我與君始相值爾時自謂可君意結帶與我言死生好惡不相置今日見我顏色衰意中錯漠與先異還君玉釵瑇瑁簪不忍見之

益悲思

奉君金卮之酒盌瑇瑁玉匣之雕琴七彩芙蓉之羽帳九華蒲萄之錦衾紅顏零落歲將暮寒花宛轉時欲沈願君裁悲且減思聽我抵節行路吟不見柏梁銅雀上寧聞古時清吹音

璿閨玉墀上椒閣文窻繡户垂綺幕中有一人字金蘭被服纖羅藴芳藿春鷰差池風散梅開帷對影弄禽雀含歌攬涙不能言人生幾時得為樂寧作野中雙飛鳧

不顧雲間別翅鶴

釋寶月行路難一首

君不見孤雁關外發酸嘶度楊越空城客子心腸斷幽閨思婦氣欲絶凝霜夜下拂羅衣浮雲中斷開明月夜夜遥遥徒相思年年望望情不歇寄我匣中青銅鏡倩人爲君除白髮行路難行路難夜聞南城漢使度使我流淚憶長安

陸厥李夫人及貴人歌一首

屬車挂席塵豹尾香烟滅彤殿向蘼蕪青蒲復委絕坐委絕對蘼蕪臨丹階泣椒塗寡鶴羈雌飛且上雕梁翠壁網蜘蛛洞房明月夜對此淚如珠

沈約八詠二首 六首在卷末

望秋月秋月光如練照曜三爵臺徘徊九華殿九華瑇瑁梁華榱與壁璫以茲雕麗色持照明月光凝華入黼帳清暉懸洞房先過飛鸞戶却照班姬牀桂宮裊裊落桂枝露寒淒淒凝白露上林晚葉颯颯鳴雁門早鴻離

離度湛秀質兮似規委清光兮如素照愁軒之蓬影映金階之輕步居人臨此笑以歌别客對之傷且慕經衰圃映寒叢凝清夜帶秋風隨庭雪以偕素與池荷而共紅臨玉墀之皎皎含霜靄之濛濛轥天衢而徒步轢長漢而飛空隱巖崖而半出隔帷幌而纔通散朱庭之奕奕入青瑣而玲瓏閑階悲寡鵠沙洲怨别鴻昭姬泣胡殿明君思漢宫余亦何爲者淹留此山東　望秋月

臨春風春風起春樹遊絲曖如網落花雰似霧先泛天

淵地還過細柳枝蜓逢飛揺颺鷰值羽差池楊桂旆動
芝蓋開燕裾吹趙帶趙帶飛參差燕裾合且離回簪復
轉黛顧步惜容儀容儀已焰灼春風復回薄氛氲桃李
花青樹含素萼既為風所開復為風所落揺緑帶抗紫
莖舞春雪雜流鶯曲房開兮金鋪響金鋪響兮妾思驚
梧桐未陰淇川如碧迎行雨於高唐送歸鴻於碣石經洞
房響紈素感幽閨思帷帟想芳園可以遊念蘭翹兮漸
堪摘拂明鏡之冬塵解羅衣之秋襞既鏗鏘以動珮又

氛氳而流靡始搖蕩以入閨終徘徊而緣隙鳴珠簾於繡户散芳塵於綺席是時悵思婦安能久行役佳人不在茲春風為誰惜 臨春風

春日白紵曲一首

蘭葉參差桃半紅飛芳舞縠戲春風翡翠羣飛飛不息願在雲間長比翼

秋日白紵曲一首

白露欲凝草已黃金琯玉柱響洞房雙心一影俱回翔

吐情寄君君莫忘

吴均行路難二首

君不見上林苑中容冰羅霧縠象牙席盡是得意忘言者擯觴見膽無所惜白酒甜鹽甘如乳綠觴皎鏡華如碧少年持名不肯嘗安知白駒應過隙博山鑪中百和香鬱金蘇合及都梁逶迤好氣佳容光經過青瑣歷紫房已入中山陰后帳復上皇帝班姬牀班姬失寵顔不開奉帚供養長信臺日暮耿耿不能寐秋風切切四面

来玉階行路生細草金鑪香炭變成灰得意失意須臾
頃非君方寸逆所裁
洞庭水工一株桐經霜觸浪困嚴風昔時抽心曜白日
今旦卧死黄沙中洛陽名工見咨嗟一剪一刻作琵琶
白璧規心學明月珊瑚映面作風花帝王見賞不見忘
提攜把握登建章掩抑摧藏張女彈殷勤促柱楚明光
年年月月對君子遥遥夜夜宿未央未央彩女弃鳴篪
争見拂拭生光儀茱萸錦衣玉作匣安念昔日枯樹枝

不學衡山南嶺桂至今千年猶未知

張率擬樂府長相思二首

長相思久離別美人之遠如雨絶獨延佇心中結望雲去去遠望鳥飛飛滅空望終若斯珠淚不能雪

長相思久別離所思何在若天垂鬱陶相望不得知玉階月夕映羅帷羅帷風夜吹長思不能寢坐望天河移

白紵歌辭二首

歌兒流唱聲欲清舞女趍節體自輕歌舞並妙會人情

依絃度曲婉盈盈揚蛾為態誰目成
妙聲屢唱輕體飛流津染面散芳菲俱動齊息不相違
令彼嘉客澹忘歸時久翫夜明星稀

費昶行路難二首

君不見長安客舍門倡家少女名桃根貧窮夜紡無鐙燭
何言一朝奉至尊至尊離宮百餘處千門萬戶不知曙惟
聞啞啞城上烏玉欄金井牽鹿盧丹梁翠柱飛屠蘇香
薪桂火炊彫胡當年翻覆無常定薄命為女何必麤

君不見人生百年如流電心中埳壈君不見我昔初入椒房時詎減班姬與飛鷰朝踰金梯上鳳樓暮下瓊鈎息鸞殿柏臺晝夜香錦帳自飄颺笙歌厀上吹琵琶陌上桑過蒙恩所賜餘光曲霑被既逢陰后不自專復值程姬有所避黄河千年始一清微軀再逢永無議蛾眉偃月徒自妍傅粉施朱欲誰為不如天淵水中鳥雙去雙歸長比翅

皇太子聖製烏栖曲四首 簡文

芙蓉作船絲作綍北斗橫天月將落采蓮渡頭礙黃河
郎今欲渡畏風波
浮雲似帳月成鉤那能夜夜南陌頭宜城醇酒今行熟
停鞍繫馬暫棲宿
青牛丹轂七香車可憐今夜宿倡家倡家高樹烏欲棲
羅帷翠帳向君低
織成屏風銀屈厀朱脣玉面鐙前出相看氣息望君憐
誰能含羞不自前

雜句從軍行一首

雲中亭障羽檄驚甘泉烽火通夜明貳師將軍新築營嫖姚校尉初出征復有山西將絶世受雄名三門應遁甲五壘學神兵白雲隨陣色蒼山答鼓聲邐迤觀鵝翼參差覩雁行先平小月陣却滅大宛城善馬還長樂黄金付水衡小婦趙人能鼓瑟侍婢初笄解鄭聲庭前桃花飛已合必應紅妝起見迎

和蕭侍中子顯春别四首 七言

別覩蒲萄帶實垂江南荳蔲生連枝無情無意猶如此
有心有恨徒別離
蜘蛛作絲滿帳中芳草結葉當行路紅臉脉脉一生啼
黃鳥飛飛有時度故人雖故昔經新新人雖新復應故
可憐淮水去來潮春隄楊柳覆河橋淚跡未燥詎終朝
行聞玉珮已相要
桃紅李白若朝妝羞持憔悴比新楊不惜暫住君前死
愁無西國更生香

雜句春情一首

蟯黄花紫鶯相追楊低柳合路塵飛已見垂鈎挂緑樹誠知淇水霑羅衣兩童夾車問不已五馬城南猶未歸鶯啼春欲駛無為空掩扉

擬古一首

窺紅對鏡歛雙眉含愁拭淚坐相思念人一去許多時眼語笑靨迎來情心懷心想甚分明憶人不忍語銜恨獨吞聲

倡樓怨節一首 六言

朝日斜来照户春鳥爭飛出林上林片影皆麗一聲一囀煎心紛紛花落淇水漠漠苔藻空浮年馳節易盡何為忍含羞

湘東王春別應令四首 七言

昆明夜月光如練上林朝花色如霰花朝月夜動春心誰忍相思不相見

試看機工交龍錦還瞻庭裏合歡枝映日通風影朱幔

飄花拂葉度金池不問離人當重合惟悲合罷會成離

門前楊柳亂如絲直置佳人不自持適言新作製紈詩

惟悟今成織素辭

日暮徙倚渭橋西正見涼月與雲齊若使月光無近遠

應照離人今夜啼

蕭子顯春別四首

飜鶯度鷰雙比翼楊柳千條共一色但看陌上攜手歸

誰能對此空中憶

幽宫積草自芳菲黄鳥芳樹情相依争風競日常聞響
重花疊葉不通飛當知此時動妾思慙使羅袂拂君衣
江東大道日華春垂楊挂柳歸輕塵淇水昨送淚霑巾
紅妝宿昔已應新
銜悲攬涕别心知桃花李色任風吹本知人心不似樹
可意人别似花離

樂府烏棲曲應令二首

握中酒栝瑪瑙鍾裾邊雜珮琥珀龍欲持寄君心不惜

共指三星令何夕
淚黛紅輕點花色還欲令人不相識金壺夜水誰能多
莫持賒用比懸河

燕歌行

風光遲舞出青蘋蘭條翠鳥鳴發春洛陽梨花落如
雪河邊細草細如茵桐生井底葉交枝今看無端雙鸞
離五重飛樓入河漢九華閣道暗清池遙看白馬津上
吏傳道黃龍征戍兒明月金光徒照妾浮雲玉葉君不

知思君昔去柳依依至今八月避暑歸明珠蠶繭勉登
機鬱金香蘤特薰衣洛陽城頭雞欲曙丞相府中烏未
飛夜夢征人縫狐貉私憐織婦裁錦緋吳刀鄭綿絡寒
閨夜被薄芳年海上水中鳧日暮寒夜空城雀

王筠行路難二首

千門皆閉夜何央百憂俱集斷人腸探揣箱中取刀尺
拂拭機上斷流黄情人逐情雖可恨復畏邊遠乏衣裳
已繰一繭催衣縷復擣百和裛衣香猶憶去時腰大小

不知今日身短長裲襠雙心共一袜袙腹兩邊作八襊
襻帶雖安不忍縫開孔裁穿猶未達胷前却月兩相連
本照君心不照天願君分明得此意勿復流蕩不如先
含怨判不死封情忍思待明年

劉孝綽死廣州景仲座見故姬一首

留故夫不踟躕別待春山上相看采蘼蕪

劉孝威擬古應教一首

雙棲翡翠兩鴛鴦巫雲落月乍相望誰家妖冶折花枝

蛾眉曼睇使情移青鋪緑瑣琉璃扉瓊筵玉笥金縷衣
美人年幾可十餘含羞轉笑斂風裾珠丸出彈不可追
空留可憐持與誰

徐君蒨別義陽郡二首

翔鳳樓遥望與雲浮歌聲臨樹出舞影入江流葉落看
郵近天高應向秋
飾面亭妝成更點星類工紅疑淺眉心黛不青故留殘
粉絮挂看箔簾釘

王叔英婦贈答一首

妝鉛點黛拂輕紅鳴環動珮出房櫳看梅復看柳淚滿春衫中

沈約古詩題六首（八詠孝穆止收前二首此皆後人附錄故在卷末）

愍衰草衰草無容色憔悴荒徑中寒荄不可識昔時兮春日昔日兮春風含華兮佩實垂緑兮散紅氛氳鳷鵲右照曜望僊東送歸顧暮泣淇水嘉容淹留懷上宮巖陬兮海岸冰多兮霰積爛漫兮客恨攢幽兮寓隙布綿

密於寒皐吐纖疎於危石既惆悵於君子倍傷心於行役露高枝於初旦霜紅天於始夕彫芳卉之九衢霣靈茅之三脊風急崤道難秋至客衣單既傷檐下菊復悲池上蘭飄落逐風盡方知歲早寒流螢暗明燭雁聲斷纔續萎絶長信宮蕪穢丹墀曲霜奪莖上紫風銷葉中緑山變兮青薇水折兮平葦秋鴻兮疏引寒烏兮聚飛遥荒寒草合桐長舊巖圍夜漸蘼蕪没霜露日霑衣願逐晨征鳥薄暮共西歸

歲暮愍衰草

悲落桐落桐早霜露鷰至葉未抽鴻來枝已素本出龍
門山長枝仰刺天上峯百丈絶下趾萬尋懸幽根已盤
結孤株復危絶初不照光景終年負霜雪自顧無羽儀
不顧生曲池芬芳本自乏華實無可施匠者特留盼
王孫少見之分取生孤枿徙置北堂垂宿莖抽晚幹新
葉生故枝故枝雖遼遠新葉頗離離春風一朝至榮户
坐如斯自惟良菲薄君恩徒照灼顧已非嘉樹空用憑
阿閣願作清廟琴為舞雙玄鶴薜荔可為裳文杏堪作

梁勿言草木賤徒照君末光末光不徒照為君含噭眺
陽柯綠水絃陰枝苦寒調厚德非可任敢不虛其心若
逢陽春至吐綠照清潯　霜來悲落桐
聞夜鶴夜鶴叫南池對此孤明月臨風振羽儀伊吾人
之菲薄無賦命之天爵抱跼促之長懷隨春冬而哀樂
愍海上之驚鳧傷雲間之離鶴離鶴昔未離近發西北
垂忽值疾風起暫下昆明池復值冬冰合水宿非所宜
欲留不可住欲去飛已疲勢逐疾風舉求溫向衡楚復

值南飛鴻參差共成侶海上多雲霧蒼茫失洲嶼自此
别故羣獨向瀟湘渚故羣不離散相依滄海畔夜止羽
相切晝飛影相亂刷羽共浮沈湛澹泛清潯既不得離
别安知慕侶心九冬霜雪苦六翮飛不任且養凌雲翅
俛仰弄清音所望浮丘子旦夕来見尋　明月聞夜鶴
聽曉鴻曉鴻度將旦跨弱水之微瀾發成山之遠岸怵
春歸之未幾驚此歲之云半出海灝之蒼茫入雲塗之杳
漫無東西之可辨孰遐邇之能算微昔見於洲渚赴秋

期於江漢集勁風於弱軀負重雪於輕翰寒谿可以飲
荒臯可以竄谿水徒自清微容豈足翫秋蓬飛兮未極
寒草萎兮無色楚山高兮杳難度越水湥兮不可測美
明月之馳光顧征禽之騁翼伊余馬之屢懐知吾行之
未極夜綿綿而難曉愁參差而盈臆望山川以悉無惟
星河猶可識聞雁夜南飛客淚夜霑衣春鴻思暮反客
子方未歸歲去驩娛盡年來容貌非攬袵形雖是撫臆
事多違青蒲雖長復易解白雲誠遠詎難依　晨征

聽曉鴻

去朝市朝市深歸暮辭北纓而南徂浮東川而西顧逢天地之降祥值日月之重光伊當仁之菲薄非余情之信芳充待詔於金馬奉高晏於柏梁覩闘獸於虎圈望窅窕於披香遊西園兮登銅爵舉青瑣兮眺重陽講金華兮議宣室晝武帷兮夕文昌佩甘泉兮履五柞贊枍詣兮紱承光託後車兮侍華幄遊勃海兮徂清漳天道有盈缺寒暑遞炎涼一朝賣玉碗眷眷惜餘香曲池無

復處桂枝亦銷亡清廟徒肅肅西陵久茫茫薄暮余多
幸嘉運重來昌忝稽郡之南尉曲千里之光貴别北荒
於濁河戀横橋於清渭望前軒之早桐對南階之初卉
非余情之屢傷寄兹焉兮能慰惷昔日兮懷哉日將暮
兮歸去来　解珮去朝市
守山東山東萬嶺鬱青葱兩谿共一寫水潔望如空岸
側青莎被巖間丹桂叢上瞻既隱軫下睇亦溟濛遠林
響咆獸近樹聒鳴蟲路帶若谿右澗吐金華東萬仞倒

危石百丈注懸叢掣曳瀉流電奔飛似白虹洞井含清氣漏穴吐飛風玉竇膏滴瀝石乳室空巃峭崿塗彌險崖岨步纔通余捨平生之所愛歎暮年而此逢願一去而不還恨鄒衣之未褫揖林壑之清曠事氓俗之紛詭幸帝德之方升值天綱之未毀既除舊而布新故化民而俗徙播趙俗以南徂扇齊風以東靡乳雉方可馴流蝗庶能弭清心矯世濁儉政革民侈秩滿撫白雲淹留事芝髓 被褐守山東

欽定四庫全書

卷九

玉臺新詠卷九

玉臺新詠卷十

陳 徐陵 撰

古絶句四首

藁砧今何在山上復有山何當大刀頭破鏡飛上天

日暮秋雲陰江水清且深何用通音信蓮花瑇瑁簪

菟絲從長風根莖無斷絶無情尚不離有情安可別

南山一樹桂上有雙鴛鴦千年長交頸歡愛不相忘

賈充與妻李夫人連句詩三首

室中是阿誰歎息聲正悲賈公歎息亦何為但恐大義虧夫人

大義同膠漆匪石心不移賈公人誰不慮終日月有合離夫人

我心子所達子心我亦知賈公若能不食言與君同所宜夫人

孫綽情人碧玉歌二首

碧玉小家女不敢攀貴德感郎千金意慙無傾城色
碧玉破瓜時郎為情顛倒感郎不羞難回身就郎抱

王獻之情人桃葉歌二首

桃葉復桃葉渡江不用檝但渡無所苦我自迎接汝
桃葉復桃葉桃葉連桃根相憐兩樂事獨使我殷勤

桃葉答王團扇歌三首

七寶畫團扇粲爛明月光與郎却暄暑相憶莫相忘
青青林中竹可作白團扇動搖郎玉手因風託方便

團扇復團扇持許自障面顦顇無復理羞與郎相見

謝靈運東陽谿中贈答二首

可憐誰家婦緣流濯素足明月在雲間迢迢不可得

可憐誰家郎緣流乘素舸但問情若為月就雲中墮

宋孝武詩三首

督護上征去儂亦思聞許願作石尤風四面斷行旅

丁督護歌二首

黃河流無極洛陽數千里坎軻戎旅間何由見君子

自君之出矣金翠闇無精思君如日月回還晝夜生

擬徐幹詩一首

許瑶詩二首

端木生河側因病遂成妍朝將雲髻别夜與蛾眉連

詠柟榴枕

昔如影與形今如胡與越不知行遠近忘去離年月

閨婦荅憐人

鮑令暉寄行人一首

桂吐兩三枝蘭開四五葉是時君不歸春風徒笑妾

近代西曲歌五首

生長石城下開門對城樓城中美年少出入見依投

石城樂

有客數寄書無信心相憶莫作瓶落井一去無消息

估客樂

歌舞諸年少娉婷無蹤跡菖蒲花可憐聞名不曾識

烏夜啼

朝發襄陽城暮至大隄宿大隄諸女兒花豔驚郎目

襄陽樂

暫出白門前楊柳可藏烏郎作沈水香儂作博山鑪

陽叛兒

近代吳歌九首

朝日照北林初花錦繡色誰能春不思獨在機中織

春歌

鬱蒸仲暑月長嘯北湖邊芙蓉如結葉抛豔未成蓮

夏歌

秋風入窻裏羅帳起飄颺仰頭看明月寄情千里光

秋歌

淵冰厚三尺素雪覆千里我心如松栢君心復何似

冬歌

黄蔦結蒙籠生在洛谿邊花落逐流去何見逐流還

前谿

留衫繡兩襠迮置羅裳裏微步動輕塵羅衣隨風起

上聲

遥遥天無柱流漂萍無根單身如螢火持底報郎恩

歡聞

紅羅複斗帳四角垂明璫玉枕龍鬚席郎眠何處牀

長樂佳

柳樹得春風一低復一昂誰能空相憶獨眠度三陽

獨曲

近代雜歌三首

稽亭故人去九里新人還送一便迎兩無有暫時閒

尋陽樂

青荷蓋緑水芙蓉發紅鮮下有並根藕上生同心蓮

青陽歌曲

春蠶不應老晝夜常懷思何惜微軀盡纏綿自有時

蠶絲歌

近代雜詩一首

玉釧色未分衫輕似露腕舉袖欲障羞回持理髮亂

丹陽孟珠歌一首

陽春二三月草與水同色道逢遊冶郎恨不早相識

錢唐蘇小歌一首

妾乘油壁車郎騎青驄馬何處結同心西陵松柏下

王元長詩四首

花蔕今何在亦是林下生何當垂兩髻團扇雲間月

擬古

自君之出矣金鑪香不燃思君如明燭中宵空自煎

代徐幹

秋夜長復長夜長樂未央舞袖拂明燭歌聲繞鳳梁

秋夜

氷容慙遠鑒水質謝明煇是照相思夕早望行人歸

詠火離合賦物為詠

謝朓詩四首

玉階怨

夕殿下珠簾流螢飛復息長夜縫羅衣思君此何極

渠盌送佳人玉杯要上客車馬一東西別後思今夕

金谷聚

綠草蔓如絲雜樹紅英發無論君不歸君歸芳已歇

王孫遊

佳期期未歸望望下鳴機徘徊東陌上月出行人稀

同王主簿有所思

虞炎有所思一首

紫藤拂花樹黄鳥間青枝思君一歎息苦淚應言垂

沈約詩三首

分手桃林岸送别峴山頭若欲寄音息漢水向東流

襄陽白銅鞮

殘朱猶曖曖餘粉尚霏霏昨宵何處宿今晨拂露歸

早行逢故人車中為贈

影逐斜月來香隨遠風入言是定知非欲笑翻成泣

為隣人有懷不至

施榮泰詠王昭君一首

垂羅下椒閤舉袖拂胡塵唧唧撫心歎蛾眉誤殺人

高爽詠酌酒人一首

長筵廣未同上客嬌難逼還栝了不顧回身正顔色

吴興妖神贈謝府君覽一首

玉釵空中墮金鈿色行歇獨泣謝春風孤夜傷明月

江洪詩七首

風生緑葉聚波動紫莖開含花復含實正待佳人来

白日和清風輕雲雜高樹忽然當此時采菱復相遇

采菱二首

潺湲復皎潔輕鮮自可悅横使有情禽照影遂孤絶

塵容不忍飾臨池思客歸誰能取緑水無趣浣羅衣

緑水曲二首

孀居憎四時況在秋閨内淒葉流晚暉虛庭吐寒菜

北牖風催樹南籬寒蛩吟庭中無限月思婦夜鳴砧已上

六首和巴陵王四詠

上車畏不妍顧眄更斜轉太恨畫眉長猶言顏色淺

詠美人治妝

范靜婦詩三首

早信丹青巧重貨洛陽師千金買蟬鬢百萬寫蛾眉

今朝猶漢地明旦入胡關高堂歌吹遠遊子夢中還一本云情寄南雲反思逐北風還

王昭君歎二首

輕鬢學浮雲雙蛾擬初月水澂正落釵萍開理垂髮

映水曲

何遜詩五首

苑門闢千扇苑户開萬扉樓殿間珠履竹樹隔羅衣

南苑

閨閤行人斷扇櫳月影斜誰能北窗下獨對後園花

閨怨

鶯子戲還檐花飛落枕前寸心君不見拭淚坐調絃

為人妾思

可聞不可見能重復能輕鏡前飄落粉琴上響餘聲

詠春風
竹葉響南窻月光照東壁誰知夜獨覺枕前雙淚滴
秋閨怨

吴均雜絶句四首

畫蟬已傷念夜露復霑衣昔别曽何道今令螢火飛
錦帕連枝滴繡領合歡斜夢中難言見終成亂眼花
蜘蛛檐下挂絡緯井邊嗁何曽得見子照鏡窻東西
泣聽離夕歌悲銜别時酒自從今日去當復相思否

王僧孺詩三首

雪罷枝即青冰開水便緑復聞黄鳥音似唱相思曲

春思

日晚應歸去上客强盤桓稍知玉釵重漸覺羅衣寒

為徐僕射妓作

徐悱婦詩三首

長廊欣目送廣殿悦逢迎何當曲房裏幽隱無人聲

光宅寺

夕泣已非疎夢嗁真太數惟當夜枕知過此無人覺

題甘蕉葉示人

摘同心支子贈謝孃因附此詩

兩葉雖為贈交情永未因同心處何限支子最關人

姚翻詩三首

臨妝欲含涕羞畏家人知還持粉中絮擁淚不聽垂

代陳慶之美人為詠

覺罷方知恨人心定不同誰能對角枕長夜一邊空

夢見故人

黄昏信使斷銜怨心悽悽回鐙向下榻轉面闇中啼有期不至

王環代西豐侯美人一首

於今辭宴語方念泣離違無因從朔雁一向黄河飛

梁武帝詩二十七首

秋月出中天遠近無偏異共照一光輝各懷離別思

邊戍詩

堂中綺羅人席上歌舞兒待我光泛灔爲君照參差

詠燭

昔聞蘭蕙月獨是桃李年春心儻未寫爲君照情筵

詠筆

柯亭有奇竹含情復抑揚妙聲發玉指龍音響鳳皇

詠笛

腕弱復低舉身輕由回縱可謂寫自歡方與心期共

詠舞

傾城非人美千載難重逢雖懷軒中意媿無鬒髮容

連句詩

階上歌入懷庭中花照眼春心一如此情來不可限

蘭葉始滿地梅花已落枝持此可憐意摘以寄心知

朱日光素冰黄花映白雪折梅待佳人共道陽春月

春歌三首

江南蓮花開紅光覆碧水色同心復同藕異心無異

閨中花如繡簾上露如珠欲知有所畏停織復踟蹰

玉盤著朱李金桮盛白酒雖欲持自新復恐不甘口

含桃落花日黃鳥營飛時君住馬已疲妾去蠶欲飢

夏歌四首

繡帶合歡炬錦衣連理文情懷入夜月含笑出朝雲

七彩紫金柱九華白玉梁但歌雲不去含吐有餘香

吹蒲未可停弦斷當更續俱作雙絲引共奏同心曲

當信抱梁期莫聽回風音鏡上兩入髻分明無兩心

秋歌四首

恃愛如欲進含羞未肯前口朱發豔歌玉指弄嬌絃

朝日照綺錢光風動紈羅巧笑倩兩犀美目揚雙蛾

子夜歌二首

花色過桃杏名稱重金瓊名歌非下重含笑作上聲

上聲歌一首

豔豔金樓女心如玉池蓮持底報郎恩俱期遊梵天

南有相思木含情復同心遊女不可求誰能息空陰

歡聞歌二首

手中白團扇淨如秋團月清風任動生嬌香承意發

團扇歌一首

杏梁日始照蕙席歡未極碧玉奉金栝綠酒助花色

碧玉歌一首

陌頭征人去閨中女下機含情不能言送別霑羅衣

草樹非一香花葉百種色寄語古情人知我心相憶

龍馬紫金鞍翠毦白玉羈照耀雙闕下知是襄陽兒

襄陽白銅鞮歌三首

皇太子雜題二十一首 簡文

被空眠數覺寒重夜風吹羅幃非海水那得度前知

寒閨

本自巫山来無人覩容色惟有楚王臣曾言夢相識

行雨

依帷濛重翠帶日聚輕紅定為歌聲起非關團扇風

梁塵

兎絲生雲夜蛾形出漢時欲傳千里意不照十年悲

華月已上雜詠四首

北斗闌干去夜夜心獨傷月燀橫射枕鐙光半隱牀

夜夜曲

蹔別雨成疑開簾生舊憶都如未有情更似新相識

從頓還城南

客行秪念路相將度江口誰知隄上人拭淚空搖手

春江曲

新禽應節歸俱向吹樓飛入簾驚釧響來窗礙舞衣

新鶯

彈幔扶船烈，蘭橈拂浪浮去燭猶文水餘香尚滿舟

夜遣内人還後舟

頂分如雨髻簪長驗上頭捉梧如欲轉疑殘已復留

詠武陵王左右伍曇傳梧

可歎不可思可畏不可見餘絃斷瑟柱殘朱染歌扇

寂寂暮檐響黯黯垂簾色惟有餓鼯啓如見蜘蛛織

入林看碚礧春至定無賒何時一可見更得早梅花

有所傷三首

遊戲長楊苑攜手雲臺間歡樂未窮已白日已西山遊人

腰肢本獨絶眉眼特驚人判自無相比依稀似洛神

絶句賜麗人

散誕垂紅帔斜柯插玉簪可憐無有比笑靨值千金

遥望

别来顦顇久他人怪容色只有匣中鏡還持自相識

愁閨照鏡

可憐片雲生蹔重復還輕欲使荆王夢應過白帝城

浮雲

緑葉朝朝黄紅顔日日異譬喻持相比那堪不愁思

寒閨

婉娩新上頭煎裠出樂遊帶前結香草鬢邊插石榴

和人渡水

蕭子顯二首

金羈遊俠子綺機離思妾春度人不歸望花盡成葉

春閨思

二月春心動遊望桃花初回身隱日扇却步斂風裾

詠苑中遊人

劉孝綽詩二首

菱莖時繞釧櫂水或沾妝不辭紅袖濕惟憐綠葉香

遥見美人采荷

采菱非采菉日暮且盈舠踟躕未敢進畏欲比殘桃

詠小兒采菱

庚肩吾詩四首

歌聲臨畫閣舞袖出芳林石城定若遠前谿應幾深

詠舞曲應令

故年齊總角今春半上頭那知夫壻好能降使君留

詠主人少姬應教

委翠似知節含芳如有情全由履跡少併欲上階生

詠長信宮中草

蘭堂上客至綺席清絃撫自作明君辭還教綠珠舞

石崇金谷妓

王臺卿同蕭治中十詠二首

空度高樓月非復三五年何須照牀裏終是一人眠

蕩婦高樓月

斂容送君別一斂無開時只應待相見還將笑解眉

南浦別佳人

劉孝儀詩二首

金鈿已照曜白日未蹉跎欲待黄昏後含嬌度淺河

詠織女

蓮名堪百萬石性重千金不解無情物那得似人心

詠石蓮

劉孝威和定襄侯八絶初笄一首

合鬟仍昔髮畧髩即前絲從今一梳罷無復更縈時

江伯揺和定襄侯八絶楚越衫一首

裁縫在箧笥薫鬒帶餘香開看不忍著一見落千行

劉泓詠繁華一首

可憐宜出衆的的最分明秀媚開雙眼風流著語聲

何曼才為徐陵傷妾詩一首

遲遲衫掩淚憫憫恨縈胷無復專房日猶望下山逢

蕭驎詠祖複一首

的的金絃淨離離寶襵分纖腰非學楚寛帶為思君

紀少瑜詠殘鐙一首

殘鐙猶未滅將盡更揚煇惟餘一兩燄纔得解羅衣

王叔英婦暮寒一首

梅花自𦦨發百舌早迎春愈寒衣愈薄未肯惜腰身

戴暠詠欲眠詩一首

拂枕熏紅帊回鐙復解衣傍邊知夜久不喚定應歸

劉孝威二首

朝日大風霜寄事是交傷葉落枝柯淨常自起綦張

古體雜意

可憐將可念可念直千金惟言有一恨恨不遂人心

詠佳麗

玉臺新詠卷十

總校官候補知府臣葉佩蓀
校對官檢討臣王坦修
謄録監生臣李安國

圖書在版編目（CIP）數據

玉臺新咏 / (陳) 徐陵編. —北京：中國書店，2018.2
ISBN 978-7-5149-1904-2

Ⅰ. ①玉… Ⅱ. ①徐… Ⅲ. ①古典詩歌－詩集－中國
Ⅳ. ①I222

中國版本圖書館CIP數據核字(2017)第319293號

四庫全書·總集類

玉臺新咏

作者 南朝陳·徐陵編
出版發行 中國書店
地址 北京市西城區琉璃廠東街一一五號
郵編 一〇〇〇五〇
印刷 山東汶上新華印刷有限公司
開本 730毫米×1130毫米 1/16
印張 22.75
版次 二〇一八年二月第一版第一次印刷
書號 ISBN 978-7-5149-1904-2
定價 八〇元